Contents

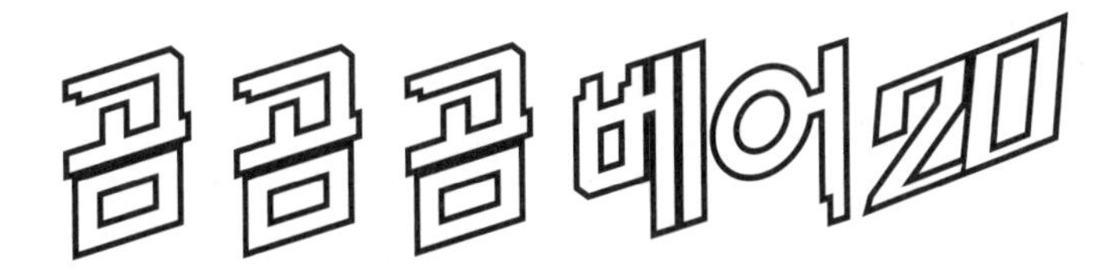

저자 쿠마나노
일러스트 029
옮긴이 김보라

스킬

▶이세계 언어
이세계의 언어가 일본어로 들린다.
이야기를 하면 이세계의 언어로 상대방에게 전달된다.

▶이세계 문자
이세계의 문자를 읽을 수 있다.
글자를 쓰면 이세계 문자가 된다.

▶곰의 이차원 박스
흰 곰의 입은 무한으로 벌어지는 공간이다.
어떤 물건이라도 넣을(먹을) 수 있다.
단, 살아 있는 것을 넣는(먹는) 건 안 됨.
들어가 있는 동안에는 시간이 멈춘다.
이차원 박스에 넣은 물건은 언제든 꺼낼 수 있다.

▶곰 관찰안
검은 흰 곰 옷의 후드에 달려있는 곰 눈을 통해서 무기나 도구의 효과를 볼 수 있다.
후드를 쓰지 않으면 효과는 발동되지 않는다.

▶곰 탐지
곰의 야생의 힘으로 마물이나 사람을 탐지할 수 있다.

▶곰 소환수
곰 장갑에서 곰이 소환된다.
검은 곰 장갑에서는 검은 곰이 소환된다.
흰 곰 장갑에서는 흰 곰이 소환된다.
소환수 꼬맹이화 : 소환수인 곰을 꼬맹이화 할 수 있다.

▶곰 지도 ver.2.0
곰의 눈이 본 장소를 지도로 만들 수 있다.

▶곰 이동문
문을 설치하여 서로의 문을 왔다 갔다 할 수 있게 된다.
3개 이상의 문을 설치할 경우는 행선지를 상상하는 것으로 이동할 곳을 정할 수 있다.
이 문은 곰 장갑을 사용하지 않으면 열리지 않는다.

▶곰 폰
먼 곳에 있는 사람과 대화할 수 있다.
곰 폰을 만든 후, 술자가 없앨 때까지 존재한다. 물리적으로 망가뜨릴 수 없다.
곰 폰을 건넨 상대를 상상하면 연결된다.
곰의 울음소리로 착신을 알린다. 소지자가 마력을 보내는 것으로 껐다 켤 수 있게 되어 통화가 가능하다.

▶곰 수상 보행
물 위를 이동하는 것이 가능해진다.
소환수는 물 위를 이동하는 것이 가능해진다.

▶곰 텔레파시
떨어져 있는 소환수를 불러들일 수 있다.

마법

▶곰 라이트
곰 장갑에 모은 마력으로 곰 형태의 빛을 생성한다.

▶곰 신체 강화
곰 장비에 마력을 보내는 것으로 신체강화를 실시할 수 있다.

▶곰 불 속성 마법
곰 장갑에 모은 마력으로 불 속성의 마법을 사용할 수 있다.
위력은 마력, 상상에 비례한다.
곰을 상상하면 위력이 더욱 올라간다.

▶곰 물 속성 마법
곰 장갑에 모은 마력으로 물 속성의 마법을 사용할 수 있다.
위력은 마력, 상상에 비례한다.
곰을 상상하면 위력이 더욱 올라간다.

▶곰 바람 속성 마법
곰 장갑에 모은 마력으로 바람 속성의 마법을 사용할 수 있다.
위력은 마력, 상상에 비례한다.
곰을 상상하면 위력이 더욱 올라간다.

▶곰 땅 속성 마법
곰 장갑에 모은 마력으로 땅 속성의 마법을 사용할 수 있다.
위력은 마력, 상상에 비례한다.
곰을 상상하면 위력이 더욱 올라간다.

▶곰 전격 마법
곰 장갑에 모은 마력으로 전격 마법을 사용할 수 있게 된다.
위력은 마력, 상상에 비례한다.
곰을 상상하면 위력이 더욱 올라간다.

▶곰 치유 마법
곰의 따뜻한 마음에 의해 치료가 가능해진다.

이름 : 유나
연령 : 15세
성별 : 여자

▶곰 후드(양도 불가)
후드에 있는 곰 눈을 통해 무기나 도구의 효과를 볼 수 있다.

▶흰 곰 장갑(양도 불가)
방어 장갑. 사용자 레벨에 따라 위력 UP.
흰 곰 소환수인 곰순이를 소환할 수 있다.

▶검은 곰 장갑(양도 불가)
공격 장갑. 사용자 레벨에 따라 위력 UP.
검은 곰 소환수인 곰돌이를 소환할 수 있다.

▶흑백 곰 옷(양도 불가)
겉보기엔 인형 옷. 양면 기능 있음.
겉면 : 검은 곰 옷
사용자 레벨에 따라 물리, 마법의 내성이 UP.
내열, 내한 기능 있음.
속면 : 흰 곰 옷
입으면 체력, 마력이 자동 회복된다.
회복량, 회복 속도는 사용자의 레벨에 따라 변한다.
내열, 내한 기능 있음.

▶검은 곰 신발(양도 불가)
▶흰 곰 신발(양도 불가)
사용자 레벨에 따라 속도 UP.
사용자 레벨에 따라 장시간 걸어도 지치지 않는다.
내열, 내한 기능 있음.

◀곰돌이
(꼬맹이화)
▼곰순이

▶곰 속옷(양도 불가)
아무리 입어도 더러워지지 않는다.
땀과 냄새도 배지 않는 훌륭한 아이템.
장비자의 성장에 따라 크기도 변한다.

▶곰 소환수
곰 장갑에서 소환되는 소환수.
꼬맹이화 할 수 있다.

크리모니아

피나
유나가 이 세계에서 처음으로 만난 소녀. 10살. 유나가 어머니를 구해준 인연으로 유나가 무찌른 마물의 해체를 맡고 있다. 유나에게 이리저리 끌려다닌다.

슈리
피나의 여동생, 7살. 모친인 티루미나를 따라 『곰 씨 쉼터』등에서도 일을 돕는 매우 씩씩한 여자아이. 곰 님을 매우 좋아한다.

티루미나
피나와 슈리의 어머니. 병에 걸린 것을 유나가 도와줬다. 그 후 겐츠와 재혼. 『곰 씨 식당』과 『곰 씨 쉼터』의 관리를 유나에게 위임받았다.

느와르 포슈로제
애칭은 노아, 10살. 포슈로제 가문의 차녀. 『곰 님』을 사랑하는 활발한 소녀.

클리프 포슈로제
노아의 아버지. 크리모니아 마을의 영주. 유나의 돌발적인 행동에 휘둘려 고생하는 인물. 담백한 성격으로 영주민들이 흠모하고 있다.

엘프 마을

루이밍
왕도의 곰 하우스 앞에서 길을 가다 지쳐 쓰러져 있던 엘프 소녀. 언니인 사냐에게 엘프 마을의 위험을 알리기 위해 엘프 마을에서 왕도로 찾아왔다.

무무르트
루이밍과 사냐의 할아버지. 엘프 마을의 장로를 맡고 있다. 옛날엔 모험가로서 활동했다.

왕도

엘레로라 포슈로제
노아와 시아의 어머니, 35살. 평소엔 국왕 폐하 아래에서 일하고 있으며 왕도에 살고 있다. 어쩐지 발이 넓고 유나에게 여러 가지로 도움을 주고 있다.

시아 포슈로제
노아의 언니, 15살. 트윈 테일을 한 조금 활기찬 여자아이. 왕도의 학원에 다닌다. 학원에서의 성적은 우수하지만 실전은 아직 멀었다.

플로라 공주
엘파니카 왕국의 공주. 유나를 「곰 님」이라고 부르며 따른다. 그림책과 인형을 선물 받았고 유나의 마음에 들었다.

티리아
엘파니카 왕국의 공주. 플로라 공주의 언니. 왕도 학원에 다니는 시아의 동급생. 플로라 공주로부터 유나를 「곰 님」이라고 알게 되어 만나기를 고대하고 있었다.

화의 나라

시노부
유나와 동갑의 닌자 소녀로 모험가로서도 우수. 까부는 성격이지만, 화의 나라를 구하기 위해 강한 각오를 지니고 있다.

사쿠라
화의 나라의 무녀. 예지몽을 꿀 수가 있어 유나를 이무기에게서 이 나라를 구해줄 『희망의 빛』이라고 믿고 있다.

카가리
긴 세월을 사는 요괴 여우(?). 일찍이 무무르트 일행과 함께 이무기를 봉인하고 그 땅을 계속 지키고 있다.

쥬베이
시노부의 스승이자 꽤 대단한 실력을 지닌 화의 나라의 무사. 유나의 힘을 시험하기 위해 시노부와 함께 계획했다.

스오우
화의 나라의 왕이며, 사쿠라의 숙부. 국왕으로서의 관록과 책임감을 지니고 있다.

줄 거 리

화의 나라를 이무기의 위험해서 구하고 여유로운 시간을 보내던 유나. 사쿠라의 연락을 받고 약속했던 집을 받기 위해 화의 나라에 가게 된다. 재회한 사쿠라와 시노부, 루이밍, 피나와 슈리, 그리고 카가리 씨까지 더해 바비큐와 수영을 만끽한다! 그리고 선물 받은 저택에서 온천도……?! 이어서 평소 신세를 진 모두에게 기념품을 나눠주게 되는데…….

517 곰 씨, 화의 나라로 돌아오다

화의 나라에서 이무기를 토벌한 나는 크리모니아로 돌아왔다.

이무기와의 싸움으로 집이 부서진 카가리 씨도 우리 집에 있었다.

처음에는 크리모니아에서 소란을 피우지 않을까 하는 걱정도 있었는데 조용했다. 첫날에는 다다미에서 자고 싶다고 고집을 부려 곰 하우스 방 한 곳에 화의 나라에서 사온 다다미를 깔고 이불을 깔아 주었다. 배가 고프다고 하기에 식사도 준비해 주니 또 불평 없이 잘 먹었다. 그리고는 자버린다. 그걸 반복한다.

이무기와의 싸움에서 힘을 너무 많이 쓴 카가리 씨는 몸집이 작아졌다. 어쩌면 그 영향일지도 모른다.

나는 가게나 고아원에 얼굴을 내밀기도 하면서 느긋한 시간을 보냈다.

티루미나 씨에게 돌아왔다고 전하자, 어디 갔었냐며 되물어왔다.

피나에게는 화의 나라에 간다고 말해 두었는데, 티루미나 씨는 모르고 있던 모양이다.

하긴, 그 정도로 오랜 시간 떨어져 있던 것도 아니었으니 어쩔 수 없는 일이다.

타르구이에서 화의 나라를 발견하고, 화의 나라에서 온천에 들어가거나 다다미를 사거나 모험가 길드에서 카마이타치 토벌 의뢰를 받기도 했다. 그리고 시노부와 만나고 쥬베이 씨와 싸웠다.
그 후에는 사쿠라를 만나고, 카가리를 만나고, 그리고 이무기와 싸웠다.
크리모니아를 떠난 기간은 짧았지만, 해프닝이 많았던 며칠이었다.
그렇게 내가 화의 나라에서 열심히 움직이는 동안에도 크리모니아에 있는 가게에서는 아이들이 곰 차림으로 일하고, 고아원에서는 아이들이 꼬끼오를 돌보는 일상이 흘러갔다.
역시 평화가 최고다.

그리고 이무기를 쓰러뜨린 덕분인지 곰 폰 스킬의 버전이 올라갔다.
곰 폰이 실 전화기 같은 상태가 된 것이다.
이렇게 말하니 버전이 좀 내려간 느낌이지만, 곰 폰을 가진 사람들끼리 다 같이 대화할 수 있게 되었다는 뜻이다.
다시 말해 크리모니아에 있는 나, 엘프 마을에 있는 루이밍, 화의 나라에 있는 사쿠라가 동시에 대화를 나눌 수 있었다.
내가 중계 안테나 같은 역할을 해서 대화가 가능한 모양이었다. 물론 내가 없으면 대화를 할 수 없으니 별 의미는 없는 것 같지만, 직접 이야기할 수 있게 된 덕분인지 두 사람은 즐겁게 대화를 나누었다.
그리고 도움이 될지 어떨지 알 수 없는 새로운 스킬을 배웠다.

곰 수중 유영.

아직 확인해 보진 않았지만, 곰 인형 차림으로 물속을 헤엄칠 수 있다고 한다.

혹시 앞으로 물속에서 싸울 일이 생기게 된다는 플래그는 아니겠지?

일단 물가 근처에는 가지 말자. 플래그는 꺾으라고 있는 법이니까.

그래도 수중 유영 스킬이 어떤 것인지는 확인해 두고 싶었다.

그렇게 며칠이 지났고, 사쿠라에게서 화의 나라로 와달라는 연락이 왔다.

"카가리 씨. 화의 나라로 돌아갈 건데, 괜찮을까요?"

카가리 씨는 아직도 어린 여자아이 모습이었다.

의복은 화의 나라에서 아동용 옷을 준비해 준 덕분에 그것을 입고 있었다.

"괜찮다. 네 덕분에 잘 쉬었어."

그렇다면 다행이다.

다음 날, 나는 카가리 씨와 화의 나라로 돌아갔다.

장소는 이무기와 싸운 리네스 섬.

나는 곰 이동문을 가리고 있던 흙 마법을 없애고 밖으로 나갔다.

"문을 지나오기만 했는데 화의 나라라니, 믿을 수 없군. 어쩌면 계속 화의 나라에 있던 것이 아닐까 하는 생각마저 드는구나."

지난 며칠간 카가리 씨는 몸을 회복하는 데에 전념하기 위해 집

밖으로 한 발자국도 나오지 않았다. 하지만 창문으로 바깥 풍경을 보고 있었기에 화의 나라가 아니라는 것 정도는 알고 있었겠지.

"기다리고 있었습니다. 유나 님, 그리고 곰돌이 님, 곰순이 님."

곰 이동문을 나서자 사쿠라의 모습이 보였다.

사쿠라뿐만이 아니라 시노부와 스오우 왕의 모습도 있다.

그녀의 안색은 무척 좋았다. 반면 시노부와 스오우 왕의 안색은 좋지 않았다.

"카가리 님은 모습이 돌아오지 않으셨군요."

사쿠라가 모습이 작아진 카가리를 바라보았다.

"마력이나 체력은 돌아왔지만 어째서인지 몸의 크기는 돌아오지 않는구나. 곰의 저주일지도 모르겠어."

"멋대로 남을 저주 취급하지 마세요."

"아무도 네 저주라고 말한 적 없다. 혹시 넌 스스로를 곰이라고 생각하는 거냐?"

"……!"

순간 말이 나오지 않았다.

무의식중에 스스로를 곰이라고 인식하고 있었다. 부정은 하지 않겠지만 긍정도 하고 싶지 않았다.

나는 반박을 시도했다.

"아니, 그렇게 따지자면 여우의 저주겠죠. 대여우가 된 후에 어린애가 된 거니까."

"읏……."

반대로 이번에는 카가리 씨가 아무런 반박을 하지 못했다.

강한 힘을 얻으면 부작용이 따르기 마련이다. 나는 곰 인형 옷이라는 겉모습을 대가로 강한 힘을 얻었다. 그와 동시에 수치심을 버려야 했다. 아니, 다 버리진 않았다. 아직 남아 있을 것이다.

……남아 있겠지?

하지만 예전만큼 부끄럽지 않다는 것은 사실이었다.

기뻐할 일은 절대 아닌 것 같지만.

"카가리, 몸에 문제는 없나?"

"충분히 쉬었으니 싸움의 피로는 풀렸다. 컨디션은 문제없어."

그 말에 국왕은 조금 안도한 표정을 지었다.

어쩌면 걱정하고 있었던 것일까.

"그래서, 이쪽 상황은 어떻게 돼 가고 있는 거지?"

"무사히 평화로웠던 일상으로 돌아가고 있다."

"이무기 건은?"

우리가 이무기를 쓰러뜨렸다는 사실은 덮어주는 것으로 이야기를 마쳤다.

"그게, 좀 묘한 방향으로 소문이 나고 있다."

"묘한 방향?"

"과거 이무기가 나타났을 때, 대여우가 사람과 함께 싸웠던 전설이 남아 있다. 그래서 그런지 그 여우가 다시 나타나 이무기를 쓰러뜨렸다는 소문이 돌고 있어."

카가리 씨는 대여우가 되어 이무기와 싸웠다.

"일단 그 싸움을 본 자에게는 함구령을 내렸으나, 대여우가 이무기와 싸운 모습을 본 자가 있는 이상 확산은 멈추지 않을 거다."

"그래서 저희는 그 소문을 역으로 이용할 생각이에요."

"즉, 내가 쓰러뜨린 것으로 하겠다고?"

카가리 씨의 말에 국왕이 고개를 저었다.

"카가리가 아니라 대여우다. 카가리가 대여우가 될 수 있다는 사실은 날 포함해 극히 일부만이 아는 일이다. 그러니 카가리라는 사람은 대여우와 관련이 없는 거지."

그의 말대로, 「카가리 씨 = 대여우」라는 사실을 모른다면 그녀가 길을 걷고 있어도 그 대여우 본인이라는 생각은 아무도 하지 못할 것이다.

"다시 한번 확인하마. 유나는 그것으로 충분한가? 이제부터라도 이무기를 토벌했다고 공표할 수도 있다."

국왕의 제안에 나는 고개를 저었다.

"됐어요. 딱히 영웅이 되고 싶어서 이무기랑 싸운 게 아니니까요. 전 그저 어린 소녀를 돕고 싶었을 뿐이에요."

나는 사쿠라에게 시선을 돌렸다.

사쿠라는 자신이 죽는 꿈을 수도 없이 꾸었다. 꿈이라고는 해도 자신이나 소중한 사람들이 죽어가는 꿈을 몇 번이나 꾸는 일은 내 상상 이상으로 괴로운 일일 것이다.

"……유나 님."

"게다가 전 눈에 띄는 걸 좋아하지도 않고요."

"그런 옷을 입고 눈에 띄기 싫다는 말을 해도 설득력이 없는데."

카가리 씨의 말에 모두가 고개를 끄덕였다.

나도 좋아서 곰 옷을 입고 있는 것이 아니다. 이 모습이 아니면 싸울 수가 없다고.

"네가 괜찮다면 상관없다만. 내가 혼자 이무기를 쓰러뜨렸다는 이야기가 되는 건 마음이 들지 않는구나."

"그거라면 괜찮아요. 곰도 같이 싸운 걸로 했거든요."

"……무슨 말이지?"

"이무기와 싸웠던 곳에 곰 모양을 한 커다란 바위가 굴러다니고 있더라고요. 유나, 뭐 짚이는 거 없어요?"

"곰 모양을 한 바위……."

조금씩 생각이 났다.

"아아앗~!"

떠올랐다. 이무기 머리를 파괴할 때 만든 곰 바위다.

방치해 뒀다.

완전히 잊고 있었다.

"그럼 나에 대한 것도……."

"어디까지나 곰이니까요. 그래서 대여우뿐만 아니라 곰도 함께

이무기와 싸운 게 아닐까? 라는 소문이 돌고 있습니다."

"이 섬에는 여우님이 있다는 소문이 있지. 그런데 막상 섬에 와 보니 이무기 머리 근처에 곰 모양의 바위가 굴러다니고 있다. 그래서 이 섬에 있던 것이 사실 곰신이 아니냐는 이야기까지 돌고 있어."

"뭐라고? 이 섬에 있던 건 여우인 나잖아."

카가리 씨가 스오우 왕을 노려보았다.

"아마도 오랜 세월 섬에 사람을 들이지 않고 수수께끼의 섬으로 남아있던 것이 원인이겠지. 그러니 처음 섬에 온 자가 곰 바위를 보고 착각하는 것도 이상한 일은 아니다."

"내가 이무기를 쓰러뜨렸다는 이야기도 싫지만, 이 섬에 있던 것이 곰이라는 오해를 받는 것도 싫구나."

그녀의 말대로 오랜 세월 이곳을 지켜온 것은 카가리 씨이자 여우님이다. 그러던 것이 갑자기 곰님으로 바뀐 셈이니 카가리 씨의 심정도 충분히 이해가 갔다.

"미안해요, 치우는 걸 깜빡했어요. 바로 치울게요."

"이미 늦었다. 없어지면 없어지는 대로 또 문제가 되겠지. 그래서 너희들에게 먼저 확인을 하고 싶다. 그 소문을 이용해 대여우와 곰이 이무기를 쓰러뜨렸다는 이야기를 만들고 싶은데, 그 허가를 받고 싶다."

"대여우와 곰이 이무기와 싸웠다는 말을 다들 믿을까요?"

"실제로도 퍼지고 있다. 그것을 국왕인 내가 긍정하면 그대로 사실이 될 것이고, 부정하면 그럴싸한 이유를 또 새로이 찾아야 하겠지."

누구라도 이무기가 나타났다는 사실을 안다면 당연히 누가 쓰러뜨렸는지도 궁금할 것이다.

그것이 사람의 심리다.

"제가 이무기를 쓰러뜨렸다는 이야기만 아니면 돼요."

길을 걷다가 이무기를 쓰러뜨린 사람으로만 보이지 않으면 그만이다.

"나도 상관없어. 마을에 술을 마시러 갔다가 인사를 받아도 곤란하니까 말이야."

"미리 말해 두지만 그 모습으로 술 마시러 가지 마라."

애초에 술을 주문한다 해도 어린 소녀 모습을 한 카가리 씨에게는 주지 않을 것 같지만.

의논 결과 여우님과 사이가 좋았던 곰이 협력하여 이무기를 토벌했다는 이야기가 완성되었다.

여우와 곰이 사이좋게 이무기와 싸우는 이야기를 그림책으로 만들면 재미있을까?

다음에 그려봐도 좋겠다.

518 곰 씨, 수수께끼의 아이템을 손에 넣다

이무기에 관한 일은 전설의 여우와 함께 있던 곰이 토벌했다는 것으로 마무리되었다.

"그래서 너희들이 허락한다면 곰 석상과 마찬가지로 이 섬에 여우 석상을 만들까 생각하고 있다."

"하지만 지금부터 만들어도 늦지 않을까요?"

"아니. 섬의 모든 곳을 조사한 건 아니니 문제없다."

"지금까지 섬에는 아무도 들어올 수 없었으니까요."

"그래서 카가리, 네가 여우 석상을 좀 만들어줬으면 좋겠는데 만들 수 있겠나?"

"나더러 직접 만들라고?"

"장인이나 마법사에게 만들게 하면 어디서 비밀이 새어나갈지 모르니까."

그것도 그렇다.

직접 만들면 정보가 새어나갈 걱정은 없다.

하지만 남이 만들면 무심코 나눈 대화를 통해 새어나갈 가능성이 있다.

"이대로라면 사람들은 이 섬에 있던 것이 여우가 아니라 곰이라고 생각할 거고, 네 존재는 아예 곰이 되겠지."

"그건 그거대로 싫군."

카가리 씨 역시 여우의 전설이 곰의 전설로 바뀌는 것은 싫은 모양인지 결국 직접 여우 석상을 만들기로 했다.

"그럼 석상은 어디에 만들면 되지?"

"여러 장소에 만들어 주었으면 좋겠다. 일단 이 집 앞에 먼저 만들어다오. 네가 살았던 곳이니까."

우리는 부서진 카가리 씨의 집 앞으로 이동했다.

"카가리 씨, 마력은 괜찮아요?"

"전혀 문제없어. 잘 만들 수 있을지 어떨지는 모르겠다만."

그렇게 말한 카가리 씨는 부서진 집 앞에서 마법으로 여우 석상을 만들어냈다.

"이건……."

만들어진 여우 석상은 리얼한 여우가 아닌 캐릭터 느낌의 여우였다.

"귀여워요."

사쿠라가 달려들어 자신보다 큰 여우 석상을 바라보았다.

"네 곰에 맞춰서 만들어 봤다."

카가리 씨가 나를 보며 말했다.

간단히 말하지만 한 번밖에 못 봤을 텐데, 그걸 이렇게 쉽게 만들어 내다니.

마법은 곧 이미지. 카가리 씨는 그 부분이 우수한 걸지도 모르겠다.

"역시 여우가 더 귀엽구나."

여우 석상을 보고 자화자찬하는 카가리 씨.

하지만 지금까지 조용히 있던 곰돌이와 곰순이가 부정하듯이 「「크응~」」 하고 운다.

"이 긴 귀도 그렇고, 긴 꼬리도 그렇고. 곰돌이와 곰순이보다 훨씬 낫잖아."

""크~응.""

곰돌이와 곰순이가 재차 반론했다.

작은 귀도 작은 꼬리도 귀엽다.

"사쿠라도 시노부도 여우가 더 귀엽다고 생각하지 않느냐?"

사쿠라와 시노부에게도 불똥이 튀었다.

두 사람은 난처하다는 표정을 지으며 카가리와 곰돌이와 곰순이를 비교했다.

"으음, 전 둘 다 귀여운 것 같아요."

"어려운 질문이네요. 비교 같은 건 불가능해요."

그 대답에 카가리 씨, 곰돌이와 곰순이가 일제히 소리쳤다.

"이 배신자!"

""크~응!""

"그렇게 말씀하셔도 여우도 곰도 다 귀여워서 선택할 수 없어요."

"맞아요. 카가리 님도 어른이시니까 작은 곰을 상대로 어른답지 못한 소리하지 마세요."

"지금 이 몸은 어린애가 아니냐! 게다가 이 녀석들도 지금은 작지만 원래는 크다."

"""크~응."""

답이 나오지 않는 싸움이 계속되었다.

물론 나는 어느 쪽이 귀엽냐 하면 곰에게 한 표를 던질 것이다.

카가리 씨와 곰돌이와 곰순이는 그렇게 한동안 입씨름을 벌였지만, 이동할 때는 곰돌이 위에 카가리 씨가 타고 갔다.

"하지만 승차감에서는 내가 질 지도 모르겠구나."

카가리 씨는 곰돌이 위에 자리를 잡고 분한 얼굴로 말했다.

반면 곰돌이는 의기양양한 얼굴로 「킁~」 하고 운다.

사이가 좋은 건지 나쁜 건지 잘 모르겠다.

일반적으로 생각하면 여우 위에는 탈 수 없다. 카가리 씨가 대여우로 변신한다면 탈 수는 있겠지만. 만약 그럴 수 있다면 하늘 산책을 해 보고 싶다.

그리고 섬의 다른 곳에도 귀여운 여우 캐릭터 석상이 세워졌다. 다양한 장소에 여우 석상이 있다면 곰 섬이라는 말을 들을 일은 없겠지.

이따금씩 나도 곰 바위를 더 만들었다.

우리들은 이무기 머리가 있던 곳을 지나갔다.
"이무기 해체는 끝났네요."
싸웠던 흔적이나 이무기가 있었던 흔적은 남아 있지만 이무기의 모습은 없었다.
"그래, 끝냈다. 이걸로 더는 부활하지 않겠지."
"이무기의 소재는 어떤 게 쓸모가 있나요?"
"가죽이 제일 쓸모가 많지. 가죽이라 철보다 가볍다. 무엇보다 강도가 높아 여러모로 활용도가 높아."
"고기는요?"
"모르겠군. 독이 있을 수도 있다. 앞으로 조사해 볼 예정이야."
듣고 보니 이무기에 관해서는 과거에 해체해 본 경험이 있을 리 만무하다. 그래서 달리 쓸만한 소재가 더 있는지 알아보려는 것 같았다.
"맞다, 참. 제 몫의 소재는요?"
마석은 양보했지만 다른 소재를 받아갈 예정이다.
"손도 안 댔으니 원하는 만큼 가져가도 좋다."
그렇다 해도 전부 다 필요하진 않았기 때문에 조금만 받아가기로 했다.

그 후에도 섬을 이동한 나와 카가리 씨는 각자의 석상을 세웠다.
"이 정도면 충분하잖아. 이제 지쳤어."

카가리 씨가 곰돌이 위에서 축 몸을 늘어뜨렸다.

“피곤한데 이런 말하긴 미안하다만, 마지막으로 보여주고 싶은 것이 있으니 조금만 더 함께해다오.”

“보여주고 싶은 거라니?”

“설명할 수 없다. 보는 편이 빠르다.”

그렇게 말하고 국왕은 걷기 시작했다.

그가 데려온 곳은 무무르트 씨가 이무기 몸통의 봉인을 강화한 곳이었다. 건물은 이무기가 부활하면서 이미 무너진 상태였다.

“이쪽이다.”

국왕이 건물 뒤편으로 자리를 조금 옮겼다. 지반이 무너져 내리며 큰 구멍이 뚫려 있었다. 국왕은 그 구멍을 통해 아래로 내려갔다.

“사쿠라, 무슨 일이 있어도 곰순이만 잘 붙잡고 있으면 괜찮아.”

“네.”

우리도 국왕에 이어 지면에 난 구멍 속으로 내려갔다.

“카가리, 이것을 봐라. 뭔지 알겠나?”

국왕이 가리킨 그 끝에는 머리통 크기의 무지개빛 안개? 구름? 연기? 미니 오로라? 같은 것이 떠돌고 있었다.

“이게 뭐지?”

“뭘까요? 근데 정말 아름다워요.”

곰돌이 등에서 내린 카가리 씨가 그 무지개빛 구름으로 다가갔다.

“뭔지 알겠나?”

“만져봤느냐?”

“확인을 위해 두 사람 정도 만져보았지만 아무 일도 일어나지 않았다.”

카가리 씨는 그 구름에 손을 넣어보았지만 아무 일도 일어나지 않았다.

“아무것도 안 느껴지는데. 마법은?”

“확인해 보지 않았다. 카가리, 네게 먼저 확인받은 뒤에 하려고 따로 손대지 말라 명해 뒀으니까.”

“그렇군.”

카가리 씨는 손에 마력을 모으더니 작은 바람을 일으켜 구름을 향해 날렸다. 하지만 무지개빛 구름은 흔들리지도 않고 그대로 떠 있다.

“마력 덩어리로 보이기도 하는데, 잘 모르겠구나.”

정말 신기한 현상이다.

“저도 만져 봐도 될까요?”

호기심 반으로 물어보았다.

“위험은 없겠지만 조심해라.”

다소 위험해도 곰 장갑이라면 괜찮겠지.

무지개빛 구름 속에 검은 곰 장갑의 손을 집어넣자 구름이 빛나기 시작했다. 이윽고 구름이 응어리지듯 장갑 주위로 모여들었다. 그 움직임이 가라앉자 무지개빛 구름은 사라지고, 검은 곰 장갑에 야구공만한 크기의 구슬이 들려 있었다.

“뭐지? 뭘 한 거냐?”

“아무것도 안 했어요. 손을 넣은 것뿐이에요.”

정말로 아무것도 안 했다. 무지개빛 구름 속에 검은 곰 장갑을 넣은 것뿐이다. 마법도 무엇도 사용하지 않았다.

나는 장갑에 들린 구슬을 모두에게 보여주었다.

“예쁘네요.”

“수정인가? 좀 빌려줘 봐.”

카가리 씨가 손을 내밀어와 작은 손바닥 위에 얹는 느낌으로 건네주었다. 수정 같은 모양의 구슬은 곰 장갑에서 떨어져 카가리 씨의 작은 손바닥 위에 떨어졌다. 하지만 그녀의 손바닥에 머무르지 않고 땅으로 바로 떨어졌다.

카가리 씨와 나는 동시에 굳었다.

구슬은 방금 카가리 씨의 손을 빠져나간 것처럼 보였다. 카가리 씨도 똑같은 느낌을 받은 것인지 신기하다는 얼굴로 자신의 손과 땅에 떨어진 수정 구슬을 바라보았다.

카가리 씨가 쭈그려 앉아 떨어진 수정 구슬에 손을 뻗어 잡으려 했지만, 잡을 수 없었다. 손에서 빠져나간다.

“뭐지, 이게? 잡을 수가 없구나.”

위험할 수도 있었기에 국왕과 사쿠라는 만지지 않고 시노부가 만져보았지만, 카가리 씨처럼 손에서 그대로 빠져나가 수정 구슬을 만질 수 없었다.

하지만 내가 만지니 문제없이 잡힌다.

"어째서 아가씨만 만질 수 있는 거지?"

아무리 생각해도 곰 장갑의 힘 말고는 없었다.

신기한 수정 구슬이라 곰 관찰안을 사용했다.

곰의 이정표

용도는 불명

……곰의 이정표라니. 이건 누가 봐도 내 전용 아이템인걸.

"아가씨, 무슨 일이지?"

"잘은 모르겠지만 저한테 필요한 물건 같아요."

곰의 이정표라고 적혀 있을 정도다.

"이거, 제가 받아도 될까요?"

내 말에 국왕은 잠시 생각하는가 싶더니 입을 열었다.

"……상관없다."

"괜찮을까요?"

"아무도 손에 쥘 수 없는 물건이다. 다른 사람이 탐을 낸다고 해도 무리겠지. 유나만이 손에 쥘 수 있다면 유나가 가지는 것이 맞다."

"뭐, 그렇지. 이유가 어떻든 아가씨밖에 가질 수 없다면 아무

의미가 없으니까."

카가리 씨도 같은 의견이었다.

"게다가 이무기를 쓰러뜨린 건 너다. 이무기를 쓰러뜨린 자리에 나타난 것이라면 응당 네 것이지."

감사히 곰의 이정표를 받아 곰 박스에 넣었다.

그런데 곰의 이정표라니, 대체 뭐지?

이정표, 라면 나를 어딘가로 인도해 준다는 말인가?

귀찮은 일이라면 사양하고 싶지만 그럴 수만도 없겠지.

그건 그렇고, 이 근방이라면 이무기 꼬리가 있던 곳인가?

야마타노오로치[#1]의 꼬리라면 검이 나왔을 텐데. 이런 영문 모를 아이템보다는 전설의 검이 갖고 싶었다.

#1 야마타노오로치 일본 신화에 등장하는 이무기. 검으로 꼬리를 자르자 검이 튀어나왔다는 이야기가 있다.

519 곰 씨, 보답을 받다

“그럼 유나, 보답으로 약속했던 집 말인데, 좋은 곳이 하나 있었다. 확인해 줄 수 있겠나? 싫다면 거절해도 된다만.”

“벌써 준비해 주신 건가요?”

“그래, 답례 하나 제대로 못하는 국왕 소리를 들어선 안 되니까.”

이무기의 뒤처리를 하느라 바쁠 때라 벌써 준비해 주었을 거라고는 생각하지 못했다.

“이 몸의 술은?”

“원래 모습이 되면 준비해 주겠다. 몇 번이나 말하지만 그 모습으로 마시게 할 수는 없지 않나.”

카가리의 생김새는 사쿠라나 피나보다 더 어린 소녀였다.

보기에도 그렇지만 만약 체질도 아이로 돌아간 것이라면 술을 마시는 것은 몸에 좋지 않을 것이다.

“잠깐, 그게 대체 언제라는 거지? 게다가 모습은 이래도, 난 너보다 나이가 많아.”

“외모의 문제다. 그리고 카가리, 네가 언제 클지 내가 어떻게 알겠나.”

“으으……!”

카가리 씨가 볼을 부풀렸다.

아이가 떼쓰는 모습으로밖에 보이지 않았다.

역시 외형은 중요하다. 카가리 씨를 보고 있으면 특히나 더 그렇다.

그녀는 마지못해 포기했다.

“그나저나 이 곰은 바다 위를 달릴 수 있는 거지?”

국왕은 곰돌이와 곰순이에게 가볍게 시선을 돌렸다.

“네.”

이미 시노부에게 보고를 받은 국왕은 사정을 알고 있었기에 고개를 끄덕였다.

“너희를 데리고 같이 배를 타면 설명하기가 귀찮다. 미안하지만 유나와 카가리는 저쪽에서 합류해도 되겠나?”

그의 말대로 바다로 둘러싸인 섬에 내린 것은 국왕과 사쿠라, 시노부 세 사람뿐이다. 곰돌이와 곰순이까지는 송환할 수 있다고 해도 카가리 씨와 내가 함께 나타난다면 이상하게 생각하겠지.

그러니 국왕의 말도 이해가 갔다.

우리는 만날 장소를 정했다.

“우우, 저도 곰순이 님을 타고 가고 싶어요.”

“배에서 내렸던 네가 돌아오지 않으면 이상하게 생각할 것 아닌가. 내가 섬에 두고 왔다고 생각할 테니 그럴 순 없다.”

이 섬에 내리면 돌아갈 방법은 배밖에 없다. 다른 경로로 돌아갔다는 변명은 할 수 없다. 그러니 포기할 수밖에.

"곰순이 님, 곰돌이 님, 잠시 동안 작별이네요."

사쿠라가 곰돌이와 곰순이를 끌어안았다.

"""크~응."""

평생의 이별도 아니고.

아쉬워하는 사쿠라. 그리고 국왕과 시노부는 선착장으로 향했다.

나는 곰 이동문을 치운 뒤 선착장과는 반대 방향으로 이동했다.

그리고 곰돌이와 곰순이는 나와 카가리 씨를 태우고 바다로 뛰어들어 물 위를 달렸다.

"정말 바다 위를 달릴 수 있구나."

"하지만 카가리 씨는 하늘을 날 수 있으니 딱히 바다 위를 달릴 필요는 없잖아요."

개인적으로는 새로 익힌 수중 유영보다 하늘을 날 수 있는 기술이 더 마음에 든다.

하늘을 날 수만 있으면 이동 범위도 늘어나고 여러모로 편리할 테니까.

하지만 없는 것을 졸라봤자 어쩔 수 없겠지.

"그렇지만 어쩐지 곰에게 지는 것 같군."

"""크~응."""

곰돌이와 곰순이가 자랑스럽다는 듯이 울었다.

"그렇다면 너희들, 하늘을 날아 보거라."

"""크~응."""

"알겠으니까, 세 사람 다 싸우지 마세요. 둘 다 대단하니까."
나는 중재에 나섰다.
아까는 사이좋다고 생각했는데.
"곰돌이, 곰순이, 스피드 업!"
""크~응.""
나의 말에 더욱 속도를 높인 곰돌이와 곰순이가 바다 위를 달려갔다.

그리고 나와 카가리 씨는 약속 장소에 당도했다.
그곳은 성이 있는 도시에서 조금 떨어진 가도였다. 카가리 씨는 곰돌이 위에서 제 집 안방처럼 누워 있다. 아까는 그렇게 싸우더니.
아니면 아직 피곤한가? 원래 모습으로 돌아가지도 않았고.
한참을 기다리니 말(아마도 하야테마루일 것이다)을 탄 시노부와 사쿠라, 국왕, 그리고 쥬베이 씨가 이쪽으로 다가왔다.
"오래 기다리셨습니다."
"유나 님, 늦어서 죄송합니다."
"별로 오래 안 기다렸어."
사쿠라에게 말을 걸어준 뒤 쥬베이 씨 쪽을 바라보았다.
"쥬베이 씨도 왔었네요."
"국왕님께 호위를 명받았습니다."
"시노부 한 명에게만 호위를 맡기고 도시를 나서는 것은 불가능

했거든. 어쩔 수 없이 쥬베이에게 부탁했다. 게다가 쥬베이라면 유나에 대해서도 알고 있으니까."

쥬베이 씨는 말에서 내리더니 곰돌이 위에 있는 카가리 씨 앞으로 다가왔다.

"정말 카가리 님이십니까?"

"그래."

"죄송합니다. 곁에서 지켜드렸어야 했는데."

"네 잘못이 아니야. 애초에 남자인 넌 섬 안에 들어갈 수 없었지 않았느냐. 네가 마음에 담아둘 일이 아니다."

"네."

카가리 씨와 대화를 마친 쥬베이 씨가 나를 쳐다보았다.

"아직 이 나라에 남아 있었군. 국왕님과 시노부에게 유나의 거처를 물어봐도 알려주지 않아서 걱정했네."

"스승님이 유나를 걱정하셨어요. 국왕님께 입막음을 당해서 말씀드리진 못했지만요."

"유나의 일은 비밀이었으니까."

뭐, 계약 마법을 걸었으니 곰 이동문으로 돌아갔다는 말은 할 수 없었겠지.

"다친 곳도 없어 보이니 다행이군. 고맙다는 인사를 하고 싶었네. 나라를 구해 줘서 고마워. 진심으로."

쥬베이 씨는 내가 이무기와 싸워서 쓰러뜨렸다는 것을 알고 있는 모양이었다.

계약 마법은「나의 비밀을 지키는 것」이다.

즉, 곰 능력에 관한 것이다. 곰 이동문, 곰 폰 등. 다만 이무기를 쓰러뜨린 것은 포함되어 있지 않았다.

곰순이 등에서 내린 나는 쥬베이 씨에게 말을 돌려주었다.

"이 나라를 지킬 수 있어서 다행이에요."

"쓰러진 이무기를 봤는데, 그렇게 큰 마물을 아가씨 같은 어린 아이가 쓰러뜨렸다는 말에 경악했다네. 사쿠라 님의 말씀은 사실이었군. 전에 아가씨를 시험했던 건 정말 미안했네."

"쥬베이 씨가 원해서 시험했던 것도 아니었잖아요. 어딘가의 누군가가 명령해서 그랬던 거죠."

나는 그렇게 말하며 국왕 쪽으로 가볍게 시선을 흘겼다.

"널 인정하지 않는 다른 사람의 입을 막으려면 그 수밖에 없었다."

납득은 하지만, 시험당하는 쪽은 기분이 좋지 않은 법이다.

"이무기는 강했나? 싸우는 모습은 사쿠라 님밖에 못 본 것인지 자세한 이야기를 들을 수는 없었네만."

"강했어요. 쥬베이 씨가 있었다면 더 편하게 처리했겠지만요."

"그렇지 않네. 내가 있었어도 걸림돌만 됐겠지."

쥬베이 씨는 강하다. 이무기 상대로는 잘 모르겠지만, 와이번이나 볼 가라스와 싸울 때 그의 존재가 절실했던 것은 사실이다. 만약 있어줬다면 시노부가 다칠 일도, 사쿠라가 위험한 일을 겪을 필요도 없었을 것이다.

봉인을 강화하는 마법진에 마력을 보태주었다면 사쿠라가 그렇게 무리할 일은 없었겠지.

"그리고 시노부와 사쿠라 님, 카가리 님을 구해 준 것도 정말 고맙네."

쥬베이 씨가 가볍게 고개를 숙였다.

진지한 얼굴로 감사의 말을 들으면 어떻게 반응해야 좋을지 모르겠다.

"세 사람을 지킬 수 있어서 다행이에요."

쥬베이 씨는 미소를 지은 뒤 국왕 곁으로 돌아갔다.

우리는 온천이 나오는 곳을 향해 출발했다.

사쿠라는 약속대로 카가리 씨와 함께 곰순이를 타게 되었다. 그때, 여기까지 그녀를 태우고 왔던 시노부의 말 하야테마루가 조금 쓸쓸한 표정을 짓는 것을 나는 놓치지 않았다.

하지만 이것만큼은 어쩔 수 없다.

"그래서 어디로 가는 건가요? 마을로 가는 줄 알았는데."

성이 자리한 곳에서 점점 멀어지고 있다.

"마을 밖이지만 그렇게 먼 곳은 아니다."

"유나가 보면 분명 놀랄 걸요."

시노부는 의미심장한 말만 남기고 목적지를 알려주지 않았다. 사쿠라 쪽을 보니 「비밀이에요」라고 말한다.

"카가리 씨는 어디로 가고 있는지 알아요?"

"너와 계속 함께 있었던 내가 알 리가 없지."

그것도 그렇다. 요 며칠 함께 있었고 이곳에도 함께 왔으니 그런 카가리 씨가 알 리가 없겠구나.

도대체 어디로 데려가는 것일까.

한참을 나아가자 숲이 보였다.

혹시 숲속?

확실히 숲속이라면 곰 하우스도 눈에 띄지 않겠지만. 혹시 나, 숲속에 버려지는 건가?

"설마 아가씨한테 그걸 주려고?"

행선지를 눈치챈 것인지 카가리 씨가 그런 말을 꺼냈다.

"카가리 씨. 이 앞에 뭐가 있는지 알아요?"

"내 기억이 틀리지 않았다면 말이지—."

"아아, 카가리 님. 조용히 계세요."

카가리 씨가 알려줄 뻔했지만 그러기 직전 시노부가 말렸다.

그녀의 말투로만 보면 뭔가 거창한 느낌인데.

그 사이에도 우리는 나아갔다.

"슬슬 가르쳐줘도 될 것 같은데요."

"비밀입니다." "비밀이에요." "가보면 알아." "필요 없으면 내가 받으마." "……."

카가리 씨가 이상한 말을 해 왔지만, 아무래도 다들 도착할 때까지 알려주지 않을 모양이었다.

뭐, 가면 알게 된다니 가보면 알겠지. 싫으면 거절해도 된다고 하고.

우리는 숲속으로 들어갔다.

숲속에는 잘 포장된 길이 이어져 있었다. 아까 얼핏 간판이 보였는데 「여기서부터 출입금지」라고 적혀 있었다. 그 간판에는 왕가의 문장 같은 것도 붙어 있었다.

이 앞에 무언가가 있는 것만은 확실했다.

길을 가다 보니 큰 저택이 보이기 시작했다.

우리는 문을 지나 저택 앞에 도착했다.

"역시 여기로군."

"설마 이 저택이 선물이라는 건 아니겠죠?"

"뭐냐. 이 저택으로는 부족한가? 내부를 확인한 뒤에 불평해도 되지 않나."

"아니, 너무 크잖아요."

클리프의 저택 정도는 되어 보인다.

어디까지나 크기만 그런 것이고, 눈앞에 자리한 것은 3층짜리 일본식 저택이었다.

료칸이라고 부르는 편이 더 나을까.

"이무기에게서 나라를 구하고, 사람은 아무도 죽지 않았으며,

나라에 끼친 손해도 없고, 이무기의 마석과 소재도 얻을 수 있었다. 만일 이무기가 나라에 쳐들어왔을 때 입을 손해를 생각하면 이것으로도 부족할 정도지."

"저도 이야기를 듣고 처음에는 놀랐습니다. 하지만 유나 님은 이무기를 쓰러뜨리고 나라를 구해 주셨습니다. 그 일을 생각하면 저도 이상하지 않다고 생각해요."

"확실히 그렇긴 하구나. 이무기가 마을을 습격했을 걸 생각하면 싼값이지."

세 사람은 당연하다는 듯이 말했다.

확실히 이무기 마석이나 소재의 가치. 이무기가 나라에 왔을 때의 손해를 생각하면 저택 하나 정도는 별것 아닐지도 모른다.

그렇지만 커도 너무 컸다.

무려 3층짜리 저택이다.

"그런데 왜 이런 숲속에 저택이 있죠?"

"직접 온천에 들어가 쉬고 싶어서 내가 지었다. 그래서 이곳은 왕가 부지로 취급되어 사람이 오지 않지. 그리고 내 희망에 맞춰 목욕탕은 온천으로 되어 있다."

……사람이 오지 않고, 온천이 딸린 큰 저택.

뭐야, 그 환상적인 건물은?

"유나의 곰이라면 마을까지 쉽게 오갈 수 있을 테니 이동도 문제없겠지."

곰돌이와 곰순이가 있으면 마을까지 이동하는 것도 간단하다. 이동문으로 온다 해도 누구에게 보일 걱정도 없다.

만약 마을 안이었다면 아무도 쓰지 않는다고 생각하던 집에서 곰 옷을 입은 여자아이가 나오면 다들 놀랄 것이다. 그렇지만 여기라면 문제없겠지.

"온천에 들어가고 싶은 건 알겠어요. 그런데 왜 이런 데 지은 거예요?"

마을 안에도 온천은 있다.

"유나 님, 그건 안으로 들어가 보시면 알 수 있어요."

사쿠라가 함축적인 뜻을 담아 말했다.

아직 뭐가 더 있는 건가?

나는 사쿠라에게 끌려가듯 저택 안으로 들어갔다.

520 곰 씨, 저택 안으로 들어가다

우리는 큰 문을 열고 저택 안으로 들어갔다.

들어가자 조금 넓은 방이 나오고, 정면에는 계단이, 그리고 좌우로 뻗은 통로가 있었다.

역시 넓다.

카가리 씨는 그립다는 표정을 지으며 둘러보았다.

"카가리 씨는 이 저택을 알고 있던 눈치던데, 와 본 적 있어요?"

"그래, 몇 번 와봤지. 스오우가 말한 대로 이곳 온천은 무척 개운해."

그 점은 기대된다.

온천의 효과는 뭘까?

과학적으로 분석할 수 없으니 효능 같은 건 알 수 없겠지만 말이다. 피부 미용 효과가 있다거나, 관절통에 좋다거나, 병에 효과가 있다거나, 여러 효과에 대해 들었지만 피로를 풀 수 있고 개운하다면 더 바랄 것이 없었다.

……혹시 흰 곰과 같은 효과일까?

아니, 아니지. 온천은 별개다. 목욕은 지친 심신을 쉬게 해 주는 것이니까.

"카가리 씨는 계속 그 섬에 있었던 게 아닌가 보네요."

"당연하지. 빠져나와서 여기저기 가본 적도 있어. 반대로 몇 년이나 잠들었던 적도 있었지만."

몇 년 동안 잔다니, 겨울잠인가?

근데 여우는 겨울잠을 안 자지 않나?

어느 쪽인가 하면 겨울잠을 자는 것은 곰이다.

"카가리는 마을에 술을 마시러 왔었지."

"가져오는 술이 적잖아."

"카가리가 너무 많이 마시는 거다."

이야기를 들어 보니 카가리 씨는 꽤 주당인 모양이었다. 나는 술은 필요 없지만 주스나 콜라는 그립긴 하다. 감자칩과 콜라의 조합은 최고였는데. 감자칩은 만들 수 있지만 콜라는 만들 수 없으니까.

"유나 님, 이쪽으로 오세요."

콜라를 생각하고 있자니, 사쿠라가 계단 위에서 나를 불렀다.

계단 위에는 이미 사쿠라와 시노부가 서 있었다.

"쥬베이. 미안하지만 넌 여기서 대기해다오."

"하지만……."

"여기는 건물 안이라 괜찮다. 게다가 이무기를 쓰러뜨린 유나도 있지. 아니면 유나가 날 습격할 거라 생각하는 건가?"

쥬베이 씨가 나를 바라보았다. 그리고 국왕을 돌아본다.

"……아닙니다."

“그럼 여기서 감시를 부탁한다.”

“알겠습니다.”

혹시 쥬베이 씨가 듣지 않았으면 하는 이야기라도 하려는 건가? 쥬베이 씨를 남겨두는 방식이 다소 억지스러웠다. 호위라면 곁에 두는 편이 좋을 텐데.

쥬베이 씨를 남겨두고 우리는 국왕과 함께 사쿠라와 시노부가 있는 계단으로 향했다.

참고로 카가리 씨는 여전히 곰순이 위에 올라탄 채다.

“유나 님, 이쪽이에요.”

“지금 갈게.”

사쿠라가 환한 얼굴로 계단 위에서 손을 흔들었다. 그런 사쿠라를 보고 국왕이 입을 열었다.

“사쿠라에게 미소가 돌아왔군. 정말로 고맙다.”

옆을 걷는 국왕이 감사를 했다.

“건강해져서 저도 기뻐요.”

처음 만났을 때의 사쿠라는 어른스러운 말투를 쓰고 있었고, 슬픈 얼굴로 궁지에 내몰려 있었다. 이무기를 쓰러뜨린 것을 알았을 땐 울기도 했다. 그런 사쿠라가 웃는 것은 나로서도 기쁘다.

“유나가 남자가 아닌 것이 아쉽군. 남자였다면 사쿠라의 결혼 상대로 삼아줬을 텐데.”

“그래. 유나가 남자였다면 사쿠라를 안심하고 맡길 수 있었을 거야.”

스오우 왕에게서 엉뚱한 발언이 튀어나왔고, 카가리 씨가 이에 동의했다.

“전 여자예요. 게다가 사쿠라의 결혼 상대라니, 아직 이르잖아요.”

“죽은 여동생을 대신해 제대로 된 결혼 상대를 찾아줘야지. 사쿠라가 행복하길 바라니 말이다. 하루 빨리 상대를 정하는 것은 좋은 일이다.”

“이 몸도 사쿠라는 행복했으면 좋겠어.”

둘 다 사쿠라의 보호자 역할인 걸까.

“말해 두지만 강요는 하지 마세요. 상대는 사쿠라가 직접 선택할 수 있게 해 주시고요.”

왕족 출신인 어머니를 둔 딸. 지금은 돌아가셔서 국왕이 간접적으로 돌보고 있다. 연애에 어느 정도의 자유가 있는지는 몰라도 내가 아는 아이만이라도 행복했으면 좋겠다. 그 마음은 국왕에게도 있을 테니 강요는 하지 않을 거라 생각하지만. 사쿠라가 제대로 거절할 수 있는지가 문제일지도 모른다. 사쿠라는 국왕이 데려온 남자라면 두말없이 「알겠습니다」라고 말해 버릴 것 같다. 적어도 사쿠라는 스스로 상대를 선택했으면 좋겠다.

그나저나 결혼이라. 피나도 슈리도 노아도 어른이 되면 결혼하려나. 그렇게 생각하니 조금 쓸쓸하네. 뭐, 그 전에 안즈나 카린 씨가 먼저 가겠지.

"알고 있다. 그래서 유나가 남자였으면 좋겠다는 얘길 한 거다."

유감스럽게도 나는 여자아이이다. 사쿠라와는 결혼할 수 없다. 게다가 현재의 나는 남자에게도 관심이 없는 상태다. 미래의 내가 홀로 늙어갈 슬픈 그림이 뇌리에 떠올랐다.

그때, 곰돌이와 곰순이가 「「크~응」」 하고 울었다. 혹시 내 마음을 알아차린 걸까?

"그렇지. 너희가 있었지."

""크~응.""

곰돌이 위에 올라탄 카가리 씨는 갑자기 소리내어 우는 곰돌이와 곰순이와 내 대화를 알아듣지 못한 것인지 고개를 갸우뚱했다.

"유나 님~."

"지금 갈게."

우리는 신발을 벗고 사쿠라와 시노부에게로 향했다.

곰 신발은 설명하기 귀찮아서 곰 박스에 넣었다.

"셋 다 왜 이제 오세요. 무슨 이야기 중이셨어요?"

천천히 말하면서 계단을 올라온 우리에게 사쿠라가 다가왔다.

사쿠라의 결혼 상대 이야기를 하고 있었다고 말할 수는 없었던 우리는 그저 웃으며 얼버무렸다.

사쿠라와 시노부를 선두로 3층까지 올라간 뒤 복도를 걸었다.

"유나 님, 이쪽이에요."

아무래도 나에게 뭔가를 보여주고 싶은 모양이다.

나는 사쿠라가 부르는 쪽으로 걸어갔다.

사쿠라는 문을 열고 방안으로 들어갔다.

우리도 그 뒤를 따랐다.

방안에 들어서자 바닥은 온통 다다미로 되어 있었다.

맨발로 다다미 위를 걸었다.

역시 다다미는 좋구나.

말로 다 할 수 없을 만큼 기분 좋은 감촉이다.

카가리 씨를 위해 곰 하우스의 방 하나를 다다미로 해놨는데, 한동안은 그 방에서 자는 것도 좋을 것 같다.

"유나 님, 이쪽으로 오세요."

방 안쪽에 있는 사쿠라가 나를 불렀다.

사쿠라가 있는 곳에는 창문이 있었다.

나는 부름에 따라 사쿠라에게 향했다.

"이건……."

창문으로 보이는 그 끝에는 짙은 녹음의 숲속, 푸른 호수가 펼쳐져 있었다. 드넓은 숲속에 자리한 호수는 그것만으로도 아름다운 풍경이었다.

"유나 님, 여기서 보는 경치가 무척 아름답지 않나요?"

사쿠라는 나에게 이 풍경을 보여주고 싶었던 모양이었다.

"응, 정말 아름답네."

집에만 틀어박혀 있던 나는 현실 세계에서 호수를 본 적이 없다. 텔레비전이나 컴퓨터 모니터에서 본 적은 있지만 그 풍경과는 달랐다. 사쿠라가 창문을 열어주었다. 나는 곰 후드를 벗었다. 솔솔 부는 바람도 상쾌했다.

그런 나를 시노부와 사쿠라가 멍한 얼굴로 바라보았다.

"유나를 그동안 귀엽다고만 생각했는데, 상당한 미인이었네요."

"갑자기 뭐야? 비행기 태워봤자 아무것도 안 나와."

혹시 날 띄워서 이 저택을 쓰게 해달라고 부탁하려는 걸까?

그런 아첨을 하지 않아도 빌려주는 것 정도는 상관없었다. 물론 쓴 뒤에 청소는 해 줘야겠지만.

"제가 보기에도 아름다우신 것 같아요."

시노부 아첨을 하니 사쿠라까지 아첨을 따라한다.

"크면 나보다 사쿠라가 더 미인이 될 거야. 지금도 엄청 귀엽잖아."

분명 사쿠라는 크면 미인이 될 거다. 나와는 달리 결혼 상대도 곤란하지 않겠지. 다만 이상한 남자한테 속는 일은 없었으면 좋겠다.

두 사람이 미인이라며 하도 호들갑을 떨어대는 통에 나는 곰 후드를 다시 뒤집어썼다.

"그건 그렇고, 언제 봐도 이 풍경은 아름답네요."

눈앞에는 아름다운 호수가 펼쳐져 있었다.

정말로, 이 세계에 와서 많은 것들을 보고 경험해 왔다.

가끔 이런 일도 있으니 이세계 여행은 좋은 것 같다. 무엇보다 곰 이동문이 있어서 쉽게 돌아갈 수도 있고.

"어때, 마음에 드나?"

"마음에 드냐고 하면 마음에는 들지만요."

아직 온천이나 다른 방을 보지 못했다.

"선대 왕은 이 호수의 경치를 좋아했지."

카가리 씨가 그리운 얼굴로 곰돌이 위에서 풍경을 바라보았다. 카가리 씨에게는 추억의 장소인 걸까.

"그런 저택을 제가 받아도 돼요? 전 곰 집을 갖고 있으니까 일부만 빌려줘도 충분해요. 이런 훌륭한 집을 받아도 가끔 밖에 못 쓸 텐데."

개인적으로는 한구석에 곰 하우스를 놔둘 수 있다면 좋을 것 같다.

"그럼 보답이 되지 않는다. 넌 본인이 얼마나 많은 업적을 이뤘는지 아직도 모르는 것인가?"

"알고 있어요. 사쿠라의 악몽을 없애준 것뿐이잖아요."

"아니다. 나라를 구했지."

반 농담으로 건넨 말인데 진지하게 받아친다.

하지만 사실은 사쿠라가 가여웠다는 것이 큰 이유 중 하나였다. 만약 성격 나쁜 여자아이였거나 거만한 왕이었다면 모른 척하고 크리모니아로 돌아갔을지도 모른다.

나머지는 쌀과 화의 나라 음식 때문이다. 없어지면 세계의 손실일 테니까.

"네가 정 거부감이 든다면 내가 이곳에 살기로 하마."

"카가리 씨?"

"누구라도 여기 사는 게 낫지 않겠느냐."

뭐, 사람이 살지 않는 집은 허물어진다고 하니까.

의외로 나쁜 제안은 아니었다.

"카가리 씨가 살아준다면 저는 좋지만, 이런 아무도 없는 곳에서 혼자 살 수 있겠어요?"

"난 그 섬에 100년 넘게 있었어. 혼자가 더 편해."

그렇긴 하다. 그 말을 들으니 아무런 말도 할 수 없었다.

게다가 카가리 씨라면 곰 이동문에 대해서도 알고 있을 테니 아무 문제 없다.

"그리고 마을에 간다고 해도 가깝고. 여기라면 스즈란도 섬에 있는 것보다는 쉽게 올 수 있을 거야."

스즈란이라면 카가리 씨를 돌보던 사람인가?

그 사람이 카가리 씨를 돌봐준다면 안심할 수 있겠지.

나머지는 그 사람이 있을 때 부딪치지 않게만 조심하면 된다.

"저도 카가리 님을 만나러 오겠습니다. 그러면 외롭지 않으실 거예요. 여기라면 배를 사용하지 않아도 되니 쉽게 올 수 있습니다."

사쿠라의 말대로 배를 타고 섬에 가는 것보다 편하게 올 수 있었다.

"그때는 술을 가져와라."

"사쿠라에게 술을 들게 하지 마라!"

"그렇다면 제가 가져올 테니 여기서 자고 가게 해 주세요."

"술은 환영이지만, 자고 갈 수 있을지는 유나에게 물어봐."

"청소만 해 준다면 좋아."

다음에 다시 왔을 때 어쩐지 방에 술통이 굴러다닐 것 같으니까, 그 정도는 치워줬으면 좋겠다.

"뭔가 저한테만 너무 엄격한 거 아닌가요?"

"싫으면 살아도 괜찮아."

"이런 아무것도 없는 곳에 사는 건 싫어요. 가끔 오는 걸로 충분해요."

그 말에는 동의한다. 가끔 오기엔 좋은 곳이지만 살기에는 별로다.

게다가 곰 하우스에 익숙해져 버린 탓에 이런 큰 저택에 사는 것에는 거부감이 있었다. 또 방범을 생각하면 곰 하우스는 포기할 수 없었다.

521 곰 씨, 집을 둘러보다

"카가리의 집은 성 근처가 좋을 거라 생각했는데, 여기에 산다면 스즈란에게 전해두마."

"부탁해."

"그리고 유나에게 이것을 주겠다."

스오우 왕이 카드를 내밀어 받아들었다. 카드 겉면에는 내 이름이 적혀 있고 문장 같은 것도 그려져 있다. 이 저택 입구에 있던 문장과 똑같다.

"이게 뭐예요?"

"길드 카드 같은 거다. 이것이 있으면 어떤 차림을 한 사람이라도 추궁당하는 일 없이 마을 안으로 들어갈 수 있다."

국왕이 내 얼굴이 아니라 다른 곳을 보며 말했다.

"왜 제 옷을 보면서 말하는 거죠?"

"유나, 받으세요."

시노부가 곧바로 내 앞에 손거울을 내밀었다.

"왜 내 앞에 거울을 내밀어?"

나는 시노부가 내민 손거울을 받아쳤다. 거울을 보지 않아도 내 모습이 곰 차림이라는 것 정도는 알고 있다.

"왕가가 신분을 증명한다는 뜻이니 마을에 들어갈 때나 성에 왔을 때 추궁당할 일은 없을 거다."

그 말대로 곰 인형 옷은 어딜 가나 눈에 띈다. 마을에 들어설 때마다 이상한 눈초리를 받거나 차림새에 대해 물어오는 일도 빈번하다.

"참고로 저도 갖고 있어요."

그렇게 말하며 시노부가 카드를 보여주었다.

닌자라서 필요한 건가?

"시노부는 여러 장소에 보낼 일이 많아서 건네주었다."

정말 닌자네.

"고마워요. 감사히 잘 쓸게요."

거절할 이유가 없다. 국가 권력은 막강하니 없는 것보다는 낫다.

하지만 너무 남용하면 일이 복잡해질 수도 있으니 조심하자.

"그럼 카드에 마력을 가볍게 넣은 뒤 등록해다오."

나는 시키는 대로 카드를 잡은 손에 마력을 흘려보냈다.

"이제 그 카드는 유나의 것이다. 길드 카드와 동일하게 쓰면 되지. 그리고 이 카드를 그 엘프 여자아이에게도 건네주어라."

국왕은 또 한 장의 카드를 내밀었다. 그곳에는 루이밍의 이름이 적혀 있었다.

"마을 안으로 들어갈 때는 물론, 사쿠라를 만날 때 문지기에게 보여주면 사쿠라가 바로 알 수 있도록 전해두었다."

"숙부님?!"

사쿠라가 경악한 얼굴로 국왕을 바라보았다.

"무무르트와 한 약속이다. 그 엘프 아가씨가 언제든지 사쿠라와 만날 수 있는 증거라고 생각해 주면 좋겠군."

그러고 보니 무무르트 씨가 루이밍이 사쿠라와 만날 수 있게 해 달라고 부탁했었지.

사쿠라의 집은 무녀가 있는 집이라 갑자기 보고 싶다고 해도 쉽게 만날 수 있는 느낌은 아니었다. 갑자기 사쿠라를 만나러 가도 문전박대당할 가능성도 있었다.

"이것만 있으면 무무르트의 손녀도 사쿠라를 만날 수 있을 거다."

루이밍에 대해서도 제대로 생각해 줬구나.

"고마워요. 전해 줄게요. 그리고 다른 사람 것도 준비해 줄 수 있을까요?"

"어째서지?"

"저번에 만났던 피나라는 애를 데려올지도 모르니까 그 애 것도 갖고 싶어요."

"알았다. 준비해 두마."

"그렇다면 무무르트 것도 준비해 줘. 그 녀석도 올 일이 있다면 필요할 테니."

"알았다. 준비해 두지. 만일 또 다른 사람의 카드도 필요하다면 말해 주면 준비해 주겠다."

"괜찮아요?"

"상관없다. 네가 악용할 것 같지는 않으니까. 게다가 그 문에 대해 아는 사람은 적겠지?"

현재 상태라면 그 밖에는 피나의 어머니인 티루미나 씨와 여동생인 슈리 정도? 확실히 적다.

"만약 다른 사람을 데려오려면 어떻게 하면 돼요?"

슈리를 데리고 올 수도 있었다.

"너와 함께라면 몇 명 정도는 괜찮다. 그래도 필요하다면 준비해 두지."

그럼 괜찮겠지.

"그럼 난 이만 일이 있으니 돌아가 보마. 원래라면 성에 데려가 식사라도 대접하고 싶다만."

"신경 안 써도 괜찮아요. 여러모로 바쁘잖아요?"

"미안하다."

국왕은 사과를 하고 카가리 씨 쪽을 바라보았다.

"카가리, 나머지 일은 맡기마. 스즈란은 내일이라도 오라고 할 건데, 식사는 어떻게 할 거지?"

"걱정할 필요 없어, 하루 정도는 안 먹어도 괜찮아. 여차하면 마을로 가면 그만이고."

스오우 왕은 다음으로 사쿠라를 바라보았다.

"사쿠라, 같이 가겠느냐?"

"가능하다면 조금 더 유나 님과 이야기를 나누고 싶어요."

"그렇군. 그럼 시노부, 사쿠라를 부탁한다."

"책임지고 데려가겠습니다."

국왕은 홀로 방을 나섰고 우리는 그를 배웅했다.

"그런데 정말 이렇게 큰 저택을 받아도 되는 건가?"

"당연하지. 실제로 넌 그 정도의 일을 한 거니까 받아둬라. 네가 안 쓰는 동안은 내가 잘 쓰고 있을 테니 안심하고."

"네, 부탁해요."

"여기선 싫어해야 할 부분 아닌가?"

내 말이 예상 밖인지 카가리 씨가 미묘한 표정을 지어 보였다.

"카가리 씨가 써 준다면 저도 안심할 수 있으니까요. 딱히 물건을 부수거나 할 것도 아니잖아요."

그리고 집은 사람이 살지 않으면 허물어진다는 말도 있고.

"그런 짓은 안 해. 다만 청소 같은 건 안 할 거야."

그 부분은 카가리 씨를 돌봐주는 스즈란이라는 사람이 해 주겠지.

"뭐, 정 더러우면 시노부에게 청소를 시키마."

"왜 저예요? 뭐, 가끔이라면 상관없지만요."

"그때는 저도 도와드릴게요."

사쿠라가 미소를 지으며 말했다.

"그럼 일단 온천부터 하고 싶긴 한데, 먼저 이동문을 두고 싶으니까 방을 확인해도 될까요?"

"그럼 제가 안내해 드릴게요."

사쿠라는 그렇게 말하고는 내 곰 장갑을 잡아끌며 걷기 시작했다.

3층에 있는 방은 모두 다다미가 깔려 있어 마치 료칸 같은 느낌이었다. 방도 넓어서 만화나 애니메이션에서만 보던 수학여행지의 숙소가 떠오르는 방이다. 혹시 국왕이 썼던 방이었을까?

하지만 방에는 아무것도 없다.

"물건이 없구나."

카가리 씨가 나와 같은 감상을 털어놓았다.

방안은 텅 비었다는 느낌이다. 아무것도 놓여 있지 않은 집으로 이사 온 기분.

느낌상 족자나 항아리가 장식되어 있는 거라 생각했지만 시원스러울 정도로 아무것도 없다.

"불필요한 건 다 치웠어요. 이 맹장지에는 왕가의 가문이 그려져 있었는데 교체했고요."

"그래?"

"이곳은 유나에게 주어진 곳이잖아요. 그래서 왕가에 관련된 물건은 모두 치웠어요."

그래서 아무것도 없었던 건가. 그런데 맹장지까지 갈아놨을 줄은 몰랐다.

"그런데 시노부가 어떻게 그런 걸 알아?"

"후후, 전 뭐든 다 알고 있거든요. 하지만 알고 있는 이유는 비밀이에요."

뭔가 으스대는 말투다.

닌자라서 뭐든 다 알고 있을 것 같다. 시노부와도 미리 계약 마법을 해 두길 잘했다. 닌자의 정보 수집 능력은 굉장하다. 실제 역사에서도 적국에서 첩보 활동을 했다고 하니까 말이지.

"시노부는 얼마 전에 저랑 같이 와서 알고 있어요."

하지만 사쿠라가 그녀가 아는 이유를 바로 말해 버렸다.

"아아, 왜 털어놓은 거예요. 제 미스터리한 분위기를 다 망쳤잖아요."

진실은 별거 아니었네.

하지만 방에 물건이 없는 것은 오히려 좋았다. 원래 살던 사람 것이 있으면 버릴 수가 없으니까. 하물며 아는 사람의 것이라면 더더욱 그렇다.

또 촌스러운 장식물 같은 것이 있으면 처리하기도 곤란하다. 그리고 사쿠라가 사용한 이불이라면 괜찮지만 국왕이 사용한 이불은 사양이었다.

"왜 그러세요?"

그런 생각을 하고 있자 사쿠라가 고개를 갸우뚱하며 물었다.

"아무것도 없으니까 여러모로 준비할 게 있을 것 같아서."

물론 이쪽에서 완전히 사는 것은 아니니까 최소한의 준비만으로도 충분하겠지. 게다가 필요한 물건은 곰 박스에 다 들어 있다.

우리는 방을 보면서 안방으로 향했다.

혹시 여기가 바로?

입구 앞에 포렴이 있고 「탕」이라고 적혀 있었다.

"혹시 목욕탕이야?"

"네, 온천이에요. 사실은 마지막으로 보여드리고 싶었는데, 같은 층에 있어서요."

문을 열고 안으로 들어가자 탈의실이 있다. 탈의실 안쪽에는 나무로 된 벽이 보였다.

"잠시만요."

사쿠라가 터벅터벅 걸어 정면 벽으로 향했다.

"저도 도와줄게요."

두 사람은 정면 벽에서 이리저리 움직이기 시작했다. 그러자 벽이라고 생각했던 곳은 미닫이문이었던 것인지, 문이 좌우로 열리며 노천탕이 나타났다. 돌로 둘러싸인 곳에 온천이 있었고 그 안에서 김이 피어올랐다.

"변함없이 커다란 목욕탕이구나."

"온천에 들어가서 보는 경치가 무척 아름다워요."

그 말대로 온천에 들어가서 밤하늘을 보는 것도 좋을지도 모르겠다. 하지만 낮임에도 경치는 아름다웠다. 온천 근처로 다가가자 숲으로 둘러싸인 호수가 보였다.

"술 한 잔 하면서 온천이나 하고 싶군."

“술은 없지만 온천은 들어갈 수 있어요.”

대나무 통에서 졸졸 온천물이 나오고 있었다. 계속 흘려보내는 방식인 걸까?

“지금은 준비가 안 됐어. 나중에 들어가 보마.”

“그럼 저택 구경을 마친 뒤에 다 같이 들어갈까요?”

나도 들어가 보고 싶고.

“괜찮나요?”

“물론 저도 괜찮겠죠?”

“괜찮아.”

“그렇다면 루이밍 씨도 부르고 싶어요.”

“그럼 피나도 불러야겠네요.”

우리는 일단 다른 곳을 확인한 뒤 온천에 들어가기로 했다.

곰 이동문을 두지 않으면 루이밍도 부를 수 없겠지. 임시로 둬도 상관없지만, 저택을 모두 돌아본 뒤에 하는 편이 좋을 것 같았다.

522 곰 씨, 피나 일행을 부르다

일단 온천은 나중에 하기로 하고 다른 곳도 천천히 둘러보며 걸었다.

3층을 확인한 우리는 2층으로 내려갔다.

"2층은 하인들 방입니다."

"국왕 폐하가 왔을 때 요리사나 호위하는 사람들이 묵는 방입니다. 저 같은 사람들이 여기에 묵게 될 거예요."

"하지만 3층과 마찬가지로 전망은 좋아요."

사쿠라도 올 일이 있을 텐데 그녀는 어느 쪽에 묵을까? 스오우 왕의 태도를 보면 3층이 되려나? 그러고 보니 스오우 왕의 가족 구성은 어떻게 되어 있지?

2층 방은 윗층만큼 넓지는 않았고, 약 3평 정도 넓이의 방이 여러 개 있었다.

시노부의 말대로 호위를 하는 사람이나 하인이 묵는 방으로 보였다. 그리고 2층에도 온천이 있었다.

2층을 둘러본 우리는 1층으로 내려갔다.

1층에는 조리실과 창고가 있었다. 당연하지만 창고 안은 텅 비어 있었다. 반대로 잡다한 물건들이 있어도 곤란했겠지만.

그리고 1층에도 하인이 쓸 온천이 제대로 준비되어 있었다. 역시 위에 있는 것은 왕족 전용 온천이었구나.

건물 안을 한 바퀴 돌아본 나는 내가 쓸 방을 정한 뒤 거기에 곰 이동문을 두기로 했다.

처음엔 창고로 할까 했는데 온천에 들어가려면 3층에 있는 편이 편리할 것 같았다.

"그럼 이 방을 내 방으로 할까?"

3층이 있는 방 중 한 곳으로 정했다.

"왜 제일 넓은 방으로 하지 않고? 분명 그곳으로 할 줄 알았는데."

"여기도 충분히 넓어요."

약 5평 이상은 충분해 보였다. 혼자 쓰기엔 부족하지 않고 여기서 살 계획도 없다.

"저 넓은 방은 카가리 씨가 써도 괜찮아요."

스오우 왕의 방이었을 수도 있고.

"괜찮은 거냐? 그럼 저 방은 내가 감사히 쓰도록 하마."

나는 벽가에 곰 이동문을 만들었다.

"이 문 끝에 다른 장소가 연결되어 있다고 생각하니 신기하구나."

카가리 씨가 곰 이동문을 바라보며 그렇게 말했다.

"카가리 님은 저쪽 유나 님 집에 계셨었죠. 어떤 마을이었나요?"

사쿠라가 대수롭지 않게 물었다. 하지만 카가리 씨는 바로 답하지 못했다.

"……못 봤다."

그녀가 작은 소리로 대답했다.

곤해서 계속 자고 있었어."

정말 몸을 회복하는 데

반복했으니까.

두었지만, 기본적으로는

모에 더해 심적으로도 지

다가 오랜만에 안심하고

따뜻해서 안심이 됐거든."

려는 듯 웃어주었다.

에는 별다른 문제는 없어

싶구나."

사쿠라가 환하게 미소 지었다. 그런 우리를 시노부가 물끄러미 바라보았다. 나는 그 시선을 스르륵 피했다.
"왜 저한테서 눈을 돌리세요?"
"돌린 적 없어."
"거짓말. 제 눈은 못 속여요. 이 눈으로 유나가 눈을 돌린 걸 똑똑히 봤다고요."
"시노부는 안 데려갈 거야."
"어, 어째서죠!"
"뭔가 저지를 것 같아서."
"너무해요, 저만 따돌리다니. 횡포예요. 차별이에요!"
시노부가 우는 시늉을 했지만 무시했다.
딱히 데려가는 것뿐이라면 상관없지만, 내 가게에 데려가면 무조건 비웃음을 받을 것이 불 보듯 뻔했다. 그곳에 데려가는 것만은 사양하고 싶다.
내가 그런 생각을 하고 있을 때 카가리 씨가 입을 열었다.
"그건 그렇고, 배가 고프구나."
아까 하루 정도 안 먹어도 괜찮다고 하지 않았나?
뭐, 음식이라면 곰 박스에 많이 들어 있다. 조리실도 있으니 요리도 가능하겠지.
그래도 모처럼 눈앞에 호수가 있다.
"그럼 저 호수에서 바비큐나 할까?"
나는 창문을 열고 호수를 바라보았다.

가까이서 호수를 보고 싶어서 이따가 가보려고 했던 참이었다. 그렇다면 호수 쪽에서 바비큐를 하는 것이 더 좋지 않을까 생각한 것이다.

과거에 은둔형 외톨이였던 내가 야외에서 바비큐라니, 상당히 바뀌었네. 이것도 이 세계에 온 뒤로 여행을 하며 다양한 경험을 한 덕분일까.

"바비큐요?"

"그게 뭐지?"

"밖에서 고기나 야채를 구워서 다 같이 먹는 거예요."

"오오, 그거 좋구나."

"그런데 식재료는 어떻게 하죠?"

"그거야 시노부한테 마을까지 다녀오라고 하면 되지. 자, 얼른 다녀와라."

"엑, 저 혼자요? 그런 거라면 차라리 유나의 문을 쓰면 되잖아요! 그러는 편이 더 빠르다고요."

"재료라면 제가 갖고 있으니까 괜찮아요."

곰 박스에는 식재료도 조리 도구도 모두 들어 있다.

"저기, 그렇다면 루이밍 씨와 피나 씨도 지금 부르는 게 어떨까요? 아까 온천 때 부르자는 얘기가 나왔던 것 같은데, 식사를 다 마친 후에 부르는 것도 좀 그럴 테고요."

사쿠라의 말이 맞다. 지금 부르나 나중에 부르나 마찬가지겠지.

“그렇네. 루이밍이랑 피나한테 물어볼게.”

나는 곰 폰을 꺼내 루이밍을 부르는 느낌으로 가볍게 마력을 흘려보냈다.

잠시 후 곰 폰에서 루이밍의 목소리가 흘러나왔다.

『유나 씨?』

“루이밍, 점심 먹었어?”

『갑자기 뭔가요? 아직 안 먹었는데요.』

“그럼 지금부터 이쪽에서 다 같이 식사할 건데 올 수 있어?”

『이쪽이 어디죠?』

“화의 나라야.”

나는 화의 나라로 돌아온 것에 대해 설명했다.

『그러고 보니 화의 나라 상황이 안정되면 가겠다고 하셨죠.』

“그래서 지금 사쿠라랑 다른 사람들과 같이 있어. 다 같이 식사하자는 얘기가 나와서.”

『저도 가도 되나요?』

“응, 피나도 부를 생각이야.”

『알겠습니다. 사쿠라도 보고 싶으니까 갈게요.』

“아, 그럼 올 때 버섯 좀 가져다줘.”

『버섯이요? 알겠습니다.』

“응, 맛있는 걸로 부탁해.”

바비큐에는 버섯도 필요하다. 이왕 이렇게 된 거 함께 갖다 달라고 부탁했다.

게다가 고기만으로는 영양이 치우치니까.

"이동문 근처로 오면 다시 연락 줘."

루이밍과의 통화를 끊은 뒤 다음으로 피나의 곰 폰과 연결했다.

『유나 언니?』

"지금 통화 괜찮아?"

『네, 괜찮아요.』

『유나 언니야?』

뒤에서 슈리의 목소리도 들려온다. 아무래도 같이 있는 모양이다.

"식사는 했어?"

『아니요, 아직이에요.』

"그럼 지금부터 우리 집에 올 수 있어?"

『어머, 유나. 피나한테 볼일이라도 있니?』

이번에는 티루미나 씨의 목소리가 들려왔다.

"네, 피나랑 같이 식사하려고 했는데. 혹시 준비하고 있나요?"

『후후, 아직 준비 전이니까 괜찮아. 피나, 잘 다녀오렴.』

피나의 외출 허가가 떨어졌다.

『나도 가고 싶어!』

슈리가 소리쳤다.

나는 곰 폰에서 얼굴을 떼고 모두에게 물었다.

"피나의 여동생도 같이 와도 괜찮을까?"

“난 상관없다만, 네 문에 대해서는 알고 있느냐?”

“응, 알아.”

“네가 좋다면 난 문제없다.”

“물론 저도 좋습니다.”

“저도요.”

나는 곰 폰에 얼굴을 가져갔다.

“슈리도 와도 돼. 그리고 티루미나 씨. 오늘 늦어질 것 같으면 제 집에서 잘지도 모르는데 괜찮을까요?”

『유나랑 함께라면 안심이니까 괜찮아. 물론 딸에게 흠집이 나면 책임져 줘야겠지만 말—「엄마!」』

통통 무언가를 두드리는 소리가 곰 폰 너머로 희미하게 들려왔다.

아마 피나가 티루미나 씨를 때리고 있는 거겠지.

『후후, 그럼 유나, 두 사람을 잘 부탁해.』

『으윽…… 유나 언니, 지금부터 갈게요.』

“응, 기다릴게. 그리고 부탁이 좀 있는데, 안즈네 가게에 가서 소라 같이 큰 조개들을 받아와. 좀 넉넉하게 부탁할게.”

이왕이면 소라 같은 것도 구워 먹으면 더 좋겠지.

이것으로 준비는 모두 끝났다.

피나와의 대화가 끝나자 곰 폰이 울리기 시작했다.

근처까지 왔다는 루이밍의 연락이었다.

나는 엘프 숲에 있는 곰 이동문으로 연결해 루이밍을 맞이했다.
여전히 변함없는 신성수 안으로 이동해, 밖으로 나갔다가 새로이 곰 이동문을 설치했다.
매번 이러는 것도 귀찮으니까 신성수 바깥에 곰 이동문을 설치하는 편이 좋을지도 모르겠다.
"아, 루이밍, 신발 벗어."
이동문을 지나기 전에 말했다.
"아, 네."
루이밍은 서둘러 신발을 벗고 곰 이동문을 지나왔다.
참고로 이 저택은 신발을 신고 들어올 수 없었다.
내 곰 신발은 더러워지지 않기 때문에 그대로 들어갈 수 있지만, 피나나 루이밍을 생각하면 따로 신발 상자를 설치해 두는 편이 좋을지도 모른다.
제일 좋은 것은 현관에 곰 이동문을 설치하는 것인데, 온천에 가려면 3층까지 올라가야 하고 다른 사람이 오면 일이 복잡해진다.
게다가 문을 여는 순간 카가리 씨를 돌보는 사람과 마주치기라도 하면 곤란하다.
뭐, 그런 일은 나중에 생각하기로 하고.
"루이밍 씨, 오랜만이에요."
"사쿠라! 오랜만이야."
루이밍과 사쿠라는 기쁘게 서로를 반겼다.

"이제 괜찮아?"

"네, 피곤해서 계속 잠만 잤는데 지금은 아무렇지도 않아요."

사쿠라는 두 팔을 들고 기운 넘친다는 포즈를 취해 보였다.

"후후, 다행이다."

"루이밍 씨도 잘 지내셨나요?"

"나도 아주 잘 지냈지."

루이밍도 사쿠라를 따라하듯 기운 넘치는 포즈를 취한다.

"저, 그래서 여기가 어디죠?"

루이밍이 신발을 들고 방을 둘러보았다.

"화의 나라에서 내가 받은 저택이야."

"유나 씨, 저택을 받으셨나요?"

"뭐, 일단은. 지난번 일의 보답이라고 해서 거절하기도 좀 그랬거든."

루이밍이 창밖을 내다보며 호들갑을 떨고 있는 사이 곰 폰이 울렸고, 곧 피나와 슈리가 곰 이동문을 지나 화의 나라로 찾아왔다.

"유나 언니, 여기가 어디야?"

"여기는 화의 나라라는 아주 먼 나라야."

슈리는 두리번거리며 방을 보거나 카가리 씨나 다른 사람들을 둘러보았다.

"네가 피나의 여동생이냐?"

"귀엽네요."

"피나와 닮았어요."

카가리 씨와 다른 사람들이 슈리를 보자 슈리가 피나 뒤로 숨어버렸다.

"누구?"

"이 몸은 카가리다. 유나와는 마물과 함께 싸운 벗이지."

카가리 씨가 가슴을 펴고 자기소개를 했다.

틀린 말은 아니지만. 자신보다 작은 카가리 씨가 마물과 싸웠다는 말에 슈리는 크게 놀랐다.

"저는 사쿠라라고 해요. 유나 님은 제 생명의 은인이세요."

사쿠라는 손을 배에 올리고 가볍게 숙여 보이며 정중하게 자기소개를 했다.

"저는 시노부입니다. 유나의 노예예요."

일단 한 대 때려주었다.

"아파요."

"시노부는 그냥 아는 사이니까 신경 쓰지 마."

"너무해요."

어느 쪽이 더 너무한 것일까.

"음, 저는 루이밍입니다. 유나 씨와 피나의 친구예요."

루이밍은 밝고 활기찬 목소리로 자기소개를 했다.

그러고 보니 루이밍과 슈리는 처음 만나는 거였나?

피나와 만난 적이 있어서 나도 모르게 슈리와도 얼굴을 본 사이라고 생각해 버렸다.

"슈리도 인사해야지."

피나가 슈리의 등을 가볍게 눌러 자신의 앞으로 이동시킨다.

"슈리. 피나 언니의 여동생이에요."

피나의 손을 잡은 채 자기소개를 한다.

"유나 언니는……."

슈리는 나를 보면서 난처한 표정을 지었다.

나와의 관계를 설명하려다 어떻게 설명하면 좋을지 몰라 당황하는 모습이었다. 하긴 슈리와 나의 관계를 설명하는 것은 어렵다. 내 기준으로 보면 생명의 은인의 여동생이 되려나?

그렇게 말하면 피나한테 혼날 테니 말하지는 말자.

"슈리는 피나와 똑같이, 나에게 있어 소중한 여동생 같은 존재야."

내 말에 슈리뿐만 아니라 피나도 크게 기뻐했다.

523 곰 씨, 바비큐를 하다

“그래서 유나 언니. 여기서 식사하는 건가요?”

“여기 말고 저기서 먹을 거야.”

나는 창밖을 가리켰다.

피나랑 슈리가 밖을 바라보았다.

“우와~!”

“굉장해요.”

“높아요.”

창문을 통해 펼쳐진 경치를 두 사람 다 몸을 쭉 내밀고 바라보았다.

숲속에 호수가 펼쳐진 모습은 크리모니아에서는 쉽게 볼 수 없는 광경이다.

“저 호수에서 먹을 건가요?”

“응, 예쁘지? 그럼 다 모였으니 갈까?”

우리는 저택을 나와 호수로 향했다.

국왕도 호수를 이용하는 것인지 길이 잘 포장되어 있어서 걷기도 편했다.

“피나와 슈리라면 유나의 비밀을 알고 있겠죠?”

우리의 앞을 걷는 피나와 슈리를 보며 시노부가 그렇게 물었다.

"피나는 생명의 은인이기도 하고 여러모로 신세를 많이 졌으니까."

"아뇨, 유나 언니. 목숨을 구해 준 건 유나 언니예요. 게다가 정말 신세를 지고 있는 건 제 쪽인 걸요. 늘 유나 언니에게 도움만 받잖아요."

앞을 걷던 피나에게 들린 것인지 그녀가 돌아보며 그렇게 말한다.

이 세상에 떨어진 후로 길을 잃은 나를 마을까지 데려다 주기도 했고, 이 세계에 대해 가르쳐 준 것은 피나였다. 피나가 없었다면 더 복잡한 상황이 벌어졌을지도 모른다. 그래서 피나가 나에게 은혜를 입었다고 느끼고 있듯이 나도 그녀에게 감사하는 마음을 갖고 있었다.

호수가 점차 가까워지자 슈리가 호수를 향해 달려가기 시작했다.

"호수다~!"

"달리면 위험해."

달리기 시작하는 슈리의 뒤를 피나가 쫓아갔다.

"애들은 기운이 넘치는군. 늙은이가 보기엔 그저 눈이 부시는구나."

"정말 건강하네요."

곰돌이 위에 올라탄 여우 소녀와 곰순이 위에 올라탄 무녀 소녀가 슈리와 피나를 보며 흐뭇한 표정으로 말했다.

겉모습만 보면 카가리 씨가 제일 어린아이인데요. 게다가 사쿠라도 어린애잖아요, 라고 지적하면 내가 지는 걸까.

하지만 실제로 카가리 씨는 어른이고, 사쿠라는 나이에 비해 어른스러운 면이 있다. 그런 두 사람이 보기에 피나와 슈리는 어린애처럼 보일지도 모른다.

다만 피나와 슈리를 보고 있으면 아이는 기운이 넘친다는 말에는 공감이 갔다.

호수에 도착하자 피나와 슈리는 부두 위에 서 있었다.

부두까지 있구나. 낚시도 할 수 있을 것 같다. 뭐, 그런 취미는 없으니까 안 할 거지만.

"예쁘다."

호수는 햇빛에 반사되어 반짝이는 것처럼 보였다. 여기서 곰의 수중 유영을 확인해 봐도 괜찮겠다. 확인한다고 해도 지금 하면 난리가 날 테니 다음에 해 봐야지.

"그건 그렇고, 햇빛이 강하구나."

확실히 햇빛이 강하고 눈부셨다.

"그럼 저쪽 그늘로 이동할까요?"

사쿠라도 조금 더워 보였다. 아무래도 기온이 높아서 그런 것 같다. 곰 인형 옷을 입고 있으면 이런 감각이 다른 사람과 어긋나게 된다.

우리는 사쿠라의 제안에 따라 호수 근처에 있는 큰 나무 아래로 이동했다.

"그럼 바비큐 준비를 할 테니까 너희는 놀고 있어도 돼."

나는 모두에게 그렇게 말하고 곰 박스에서 큰 테이블을 꺼내 그 위에 식재료를 늘어놓았다.

"저도 도울게요."

피나가 부두에서 돌아왔다.

"저도 도와드릴게요."

"저어, 제가 할 수 있는 일이 있으면 돕겠습니다."

"저도."

"나도 도와줄래~."

시노부, 사쿠라, 루이밍, 슈리가 선뜻 나섰다.

"그럼 난 곰돌이 위에서 느긋하게 기다리도록 하지."

딱 한 사람만 도와줄 생각이 없어 보였다.

카가리 씨는 자신의 선언대로 곰돌이 위에 몸을 뉘었다.

"으음, 그럼 다 같이 분담할까?"

카가리 씨는 곰돌이에게 맡기고 나는 테이블 위에 있는 식재료를 바라보았다.

"그럼 피나는 고기를 이 정도 사이즈로 잘라줄 수 있을까?"

큰 고깃덩어리를 먹기 좋은 사이즈로 잘라달라고 했다. 고기를 자르는 일이라면 피나의 특기였다. 돼지, 새, 소, 울프 등 다양한 고기를 준비하여 피나에게 맡겼다.

"알겠어요."

칼을 집어든 피나는 익숙한 손놀림으로 고기를 썰어나갔다.

"시노부는 불을 피워줘."

"알겠습니다."

"루이밍, 버섯은 갖고 왔어?"

"가져 왔어요."

루이밍은 아이템 봉투에서 버섯이 든 봉투를 꺼냈다.

"그럼 버섯 손질은 루이밍이한테 맡길게. 그 일이 끝나면 이쪽을 도와줘."

"알겠습니다."

세 사람에게 지시를 내리자, 남겨진 사쿠라와 슈리가 내 지시를 기다리고 있었다.

"음, 사쿠라와 슈리는…… 잘 보고 있어."

"네에~?"

"나도 도와줄래~."

두 사람에서 항변이 터져 나왔다.

둘에게 시킬 만한 일이 없다. 마음 같아서는 그냥 놀고 있었으면 좋겠는데.

하지만 두 사람도 계속 돕고 싶어하기에 나는 잠시 고민했다.

"그럼 슈리는 피나가 자른 고기를 접시에 올려두고 이쪽 테이블에, 사쿠라는 내가 자른 야채를 시노부에게 가져다줘."

어떻게든 두 사람이 할 수 있을 만한 일을 찾아 부탁했다.

나는 야채를 썰기 시작했다. 당근, 호박, 옥수수, 양배추, 파, 죽순, 가지를 차례로 썰어나간다. 곰 박스에 넣어두면 계절에 상관없이 보관해 둘 수 있어 편리했다.

"유나 언니, 잘하시네요."

고기와 야채를 썰어나가는 나와 피나를 보며 사쿠라가 감탄했다.

칭찬을 들어도, 그저 자르는 것뿐인데.

"사실 전 칼을 잡아본 적도 없거든요."

뭐, 사쿠라는 어린아이고 애초에 왕족의 딸이다. 그런 부분은 어쩔 수 없겠지.

슈리는 아직 작다. 하지만 해체라면 나보다 더 잘한다.

나와 피나, 루이밍이 차례차례 재료를 썰어나가며 준비를 마쳤다.

"그건 그렇고 재료가 이것저것 참 많네요."

불 담당을 맡았던 시노부가 그런 감상을 털어놓았다.

"여러 재료를 맛볼 수 있으니까 좋잖아. 고기만으로는 영양이 치우쳐서 안 좋을 테니까."

재료 준비를 마친 우리는 드디어 굽기 시작했다.

나는 우선 야채를 철판에 차례차례 올렸다. 그리고 마지막으로 고기를 구웠다.

"맛있어 보이는구나."

접시와 젓가락을 들고 기다리던 카가리 씨가 그렇게 말했다.

"양념은 소금과 간장이 있는데 각자 좋아하는 걸 사용해."

"후후, 이런 일도 있을까 싶어서 이런 걸 가져왔지요."

시노부는 안주머니의 아이템 봉투에서 흰색으로 된 작은 병을 꺼내들었다.

"혹시 그건……."

"비장의 양념장이에요. 유나와 함께 고기를 먹었을 때 썼던 양념이죠."

"어떻게 갖고 있어?"

"물론 사뒀죠."

나도 이번에 대량으로 쟁여 두려고 했는데, 여러 일들이 겹쳐서 아직 사지 못하고 있다. 다음에 한가할 때 사러 가야지.

우리는 각자의 접시를 들고 구워진 야채와 고기를 먹기 시작했다.

"어느 고기도 다 맛있구나."

카가리 씨는 고기만 먹을 뿐 야채를 먹지 않았다.

"고기만 먹지 말고 야채도 먹어야 쑥쑥 크죠."

"난 너보다 크니 상관없다."

몸집이 작아진 카가리 씨가 말해봤자 설득력은 없다. 하지만 본래 모습의 카가리 씨를 떠올리면 키도 가슴도 크긴 했다.

뭐, 몇 년 후면 추월하겠지만.

카가리 씨의 말을 따라하려는 건 아니지만 확실히 전부 다 맛있다. 경치도 아름답고, 공기조차 맛있는 느낌이다.

"너희들도 맛있어?"

"네, 맛있게 먹고 있어요."

"이것도 다 제가 가져온 양념장 덕분이죠."

확실히 시노부가 갖고 온 양념장은 달고 맛있었다.

"루이밍 씨가 가져온 버섯도 맛있어요."

"그렇게 말씀해 주시니 기쁘네요."

피나와 슈리 쪽으로 시선을 돌리자 슈리는 다람쥐처럼 옥수수를 갉아먹고 있었다.

처음에는 옥수수를 보고 놀랐는데 꽤나 마음에 든 모양이다. 다음에는 팝콘이라도 만들어 줄까?

"아, 슈리, 입에 묻었어."

피나가 슈리의 입을 손수건으로 닦아주었다.

흐뭇한 광경이다.

바비큐는 모두에게 반응이 좋았다. 하길 잘했다.

나는 구운 야채와 고기를 접시에 올려두고 곰돌이와 곰순이가 있는 곳으로 갔다.

"곰돌아, 곰순아, 뜨거우니까 조심해서 먹어."

구운 야채와 고기를 곰돌이와 곰순이의 입안에 넣어주었다. 곰돌이와 곰순이도 맛있게 잘 먹어주었다.

그것을 보고 있던 피나, 슈리, 사쿠라까지가 둘에게 음식을 먹여주기 시작했다.

차라리 꼬맹이화 시키는 편이 나으려나?

먹인다 해도 꼬맹이화하면 먹는 양이 다를 것이다. 나는 곰돌이와 곰순이를 꼬맹이화했다.

피나와 다른 아이들이 꼬맹이화한 곰돌이와 곰순이의 입으로 음식을 바쁘게 날랐다.

그 모습은 참으로 흐뭇한 광경이었다.

그리고 피나가 가져다 준 소라 등의 조개류도 불에 구운 뒤 간장을 뿌려 먹었다.

응, 맛있다.

다들 만족스러운 표정을 짓고 있다.

카가리와 슈리는 시트 대신 깔아놓은 융단 위에 벌러덩 누워 있었다.

"벌써 배부르구나."

"배가 아파."

배가 아프다고 하지만 단순히 과식을 했을 뿐이다. 쉬면 괜찮아지겠지.

즉흥적으로 벌인 바비큐도 곧 끝났고, 나는 조리 도구와 접시를 치웠다. 피나와 시노부, 그리고 사쿠라까지 도와준 덕분에 정리는 순식간에 끝났다.

그리고 식후 휴식을 취하고 있자 곰순이를 끌어안고 있던 슈리가 찾아왔다.

"유나 언니. 더운데 호수에서 수영해도 돼?"

속이 금세 괜찮아진 모양이다.

하지만 호수에서 수영이라.

더운 것은 그녀가 곰순이를 안고 있어서 그런 것이 아닐까 생각했는데, 다른 사람들도 모두 더워 보였다.

체온을 조절해 주는 곰 인형 옷 덕분에 잊고 있었는데, 여름은 아직 끝나지 않았다.

밤에도 더위에 잠을 설칠 일도 없이 거의 24시간 입고 있는 탓에 자꾸만 기온을 잊게 된다.

"이 호수에 위험은 없어?"

탐지 스킬로 확인해 봤지만 호수 안에 마물의 기척은 없었다. 하지만 마물 이외에도 위험한 것이 있을지도 모르기에 사쿠라와 시노부에게 물었다.

"네, 괜찮아요. 저도 여기서 수영한 적이 있거든요. 그러고 보니 올해는 수영을 하지 않았네요."

물에 빠질 걱정도 있었지만, 곰돌이와 곰순이가 같이 있는 거라면 괜찮겠지.

"그래도 수영하는 건 좋은데 수영복이 없잖아. 집에 가지러 갔다올래?"

"저, 수영복이라면 제가 갖고 있어요."

수영복 이야기를 꺼냈더니 마침 피나가 갖고 있다고 한다.

"왜 갖고 있어?"

“유나 언니가 준 아이템 봉투에 이것저것 많이 들어가다 보니 여러 가지 것들을 넣어뒀거든요.”

피나에게 준 아이템 봉투는 도적을 토벌할 때 받은 것이었다. 내 곰 박스만큼은 아니더라도 수영복 정도는 여유롭게 들어갈 것이다.

피나는 슈리와 자신의 수영복을 꺼냈다.

“그럼 집을 꺼내줄 테니까 옷을 갈아입고 와.”

나는 조금 탁 트인 곳에 곰 하우스를 꺼내주었다.

건물로 돌아가는 것보다 이 편이 더 빠르다.

아무리 주위에 여자밖에 없다고 해도 밖에서 옷을 갈아입게 할 수는 없으니까.

“그럼 사쿠라 님. 저희도 수영할까요?”

“하지만 수영복이…….”

“이런 일도 있을까 싶어서 가져 왔거든요.”

시노부가 가슴에 손을 넣는가 싶더니 수영복 같은 것을 꺼냈다. 시노부의 옷 안쪽에 아이템 봉투가 있다는 것은 알고 있지만, 거기서 꺼내면 옷 속에 수영복을 숨겨둔 것처럼 보이니 이상하다.

바다도 있으니 화의 나라에도 수영복은 있는 모양이다.

사쿠라와 시노부도 수영복으로 갈아입기 위해 곰 하우스로 들어갔다.

나? 물론 헤엄치지 않을 거니 안 갈아입을 거다.

524 곰 씨, 호수에서 놀다

수영복으로 갈아입은 5명이 곰 하우스에서 나왔다.

슈리는 얼마 전 바다에 놀러 갔을 때 입었던 프릴 달린 흰색 원피스 수영복을 입고 있었다. 피나 역시 바다에서 입었던 프릴이 달린 흰색 비키니 수영복이다.

루이밍은 내가 빌려준 흑백의 비키니를 입었다.

사쿠라는 역시나 잘 어울리는 청초한 흰색 수영복이다.

시노부의 수영복은…… 붕대인가?

가슴 부위에 천으로 된 붕대 같은 것이 칭칭 감겨 있었다.

저런 천 조각을 수영복이라고 해도 될지 모르겠지만, 어쨌든 짜맞추기라도 한 것처럼 모두가 하얀 수영복이었다. 일부가 검은색인 수영복도 있지만.

"유나 언니, 곰돌이랑 곰순이를 크게 만들어줘."

먹을 때는 작아지고, 놀 때는 커지고. 곰돌이와 곰순이도 고생이다.

둘을 원래 크기로 되돌리자 슈리가 곰순이의 등에 올라탔다.

"저기, 슈리. 저도 곰순이 님 위에 타 봐도 될까요?"

사쿠라도 곰순이를 타고 싶었던 것인지 슈리에게 그런 부탁을 한다.

그 부탁에 슈리가 환하게 웃으며 「응, 좋아」라고 대답했다.
사쿠라가 기쁜 얼굴로 슈리의 뒤에 올라탔다.
아무래도 두 사람은 곰순이파인 것 같다. 슈리는 그림책을 그려줬을 때도 흰 곰이 좋다고 했고 여러모로 곰순이를 더 좋아하는 듯했다. 사쿠라도 곰순이 쪽을 더 친근하게 느끼는 모습이었다. 곰순이, 인기 많네.
그렇다고 곰돌이가 인기가 없다는 뜻은 아니다.
곰돌이 위에는 피나와 루이밍이 올라가 있었다.
네 사람을 태운 곰돌이와 곰순이는 달려가 호수로 뛰어들었다.
큰 물보라가 일어났다.
슈리는 곰순이에게 「한 번 더 해 줘」라고 말한다.
사쿠라는 「한 번 더요?!」라고 말하고,
피나는 「너무 위험한 행동은 하면 안 돼」라고 말하고,
루이밍은 웃고 있었다.
모두들 신나게 놀기 시작한다.
곰돌이와 곰순이가 있으면 물에 빠질 걱정은 없겠지. 시노부도 옆에서 봐주고 있으니 한결 안심이었다.
참고로 나도 권유를 받았지만 정중히 거절했다. 아무래도 수영복 차림은 역시 낯설다.
"아이는 기운이 넘쳐서 좋구나."
카가리 씨는 의자에 앉으며 호수에서 노는 피나 일행을 바라보

았다.

곰순이를 탄 사쿠라와 슈리, 곰돌이를 탄 피나와 루이밍은 각각 팀을 나눠서 물을 뿌리며 놀고 있다.

"그렇죠. 젊은 아이들은 씩씩하네요."

내 눈에도 피나와 다른 아이들의 밝은 모습은 어쩐지 눈부셔 보였다.

"무슨 소리냐. 너도 어린애잖아."

"어린아이 모습을 한 카가리 씨에겐 듣고 싶지 않아요."

겉모습만 보면 카가리 씨가 훨씬 더 어린아이다.

"내 속은 어른이니까 상관없지."

어딘가에 나오는 머리는 어른이고 몸은 아이인 탐정 애니메이션도 아니고.

하지만 카가리 씨의 경우는 할머니라고 해야 하지 않을까? 물론 속으로 그렇게 생각해도 나중에 무슨 짓을 당할지 모르니 본인에게는 말하지 않겠지만.

"그럼 네 모습도 거짓일 가능성이 있겠구나. 실은 나와 비슷한 또래인가? 그렇다면 그 숙련된 마법의 힘도 수긍이 가는군."

무슨 말을 하는 거야, 이 어린애가.

"15년밖에 안 살았어요. 어딘가의 여우랑 같은 취급 마세요."

"네 비밀에 다가갔다고 생각했는데 아닌가? 그나저나 15살이라, 그런 것치고는 작지 않나?"

지금 어디를 보고 말한 거지?

인형 덕분에 특정 부분의 크기는 알 수 없을 테니 아마도 키를 말하는 거겠지.

하지만 몇 년 후면 모델처럼 커질 것이다.

카가리 씨와 함께 씩씩하게 뛰어노는 아이들을 보고 있는데, 물에 완전히 젖은 시노부가 찾아왔다.

"야아, 정말 다들 기운이 넘치네요."

시노부는 물이 담긴 컵을 단숨에 들이켰다.

"유나, 한 가지 물어봐도 돼요?"

"이상한 질문이 아니라면."

"딱히 이상한 질문은 아니에요. 슈리 엉덩이에 붙어 있는 저 꼬리 같이 생긴 건 뭐죠?"

생각이 났다. 확실히 슈리의 엉덩이에는 동그랗고 하얀 것이 달려 있었다. 곰의 꼬리다.

"노코멘트."

"에이, 알려주세요~."

미소를 띤 채 계속 물어온다. 이건 무조건 알고 물어보는 것이리라.

나는 시노부를 무시하고 슈리 쪽으로 시선을 돌렸다.

"곰순아, 물 위를 달려줘."

"크응~."

곰돌이와 곰순이가 물 위를 달릴 수 있다는 것을 알게 된 슈리는 몇 번째인지 모를 부탁을 했다. 슈리의 부탁을 들은 곰순이가 물 위를 달렸다.

반면 몸을 반쯤 내밀고 헤엄치는 곰돌이 위에 올라탄 피나와 루이밍은 여유로운 모습이었다.

"저도 곰순이에게 지고 있을 순 없죠."

시노부는 그렇게 말하고 부두를 향해 달려가는가 싶더니 그대로 호수 위를 달려갔다.

나는 눈을 의심했다.

시노부가 물 위를 달리고 있다.

"어때요? 저도 이 정도는 할 수 있다고요. 곰순이한테는 안 져요!"

시노부는 호수 위를 달리는 곰순이 옆을 나란히 달렸다.

"시노부 언니, 굉장해!"

"시노부에게 그런 능력도 있었군요."

"비술이에요."

닌자술이 아니고?

"양쪽 발을 빠르게 움직이는 게 요령이에요. 발이 가라앉기 전에 발을 올리는 거죠."

발을 빠르게 움직인다. 만화나 애니메이션에서 그런 이야기를 본 것 같기는 하다. 하지만 실제로는 불가능하지 않나?

단순히 생각해서 물에 발을 디디는 순간 물속으로 빠질 테니까.

하지만 시노부는 실제로 호수 위를 달리고 있었다.

마력이나 마법 같은 종류인 건가?

"그러니까 걸음을 멈추면……."

시노부가 걸음을 멈춘 순간, 첨벙! 화려한 물소리를 내며 시노부는 물속에 빠졌다.

진짜로 마법이 아니라고? 마력을 발에 모아서 부력 같은 능력을 얻은 게 아닐까 생각했는데.

만약 물 위를 달리는 것이 일반적으로 할 수 없는 일이라면 시노부가 한 일은 굉장한 일이라고 할 수 있었다.

강 정도라면 가볍게 건널 수 있을 것이다.

내 치트적인 힘과 달리 자신의 손으로 직접 얻은 시노부의 힘은 대단하다고 생각했다.

그리고 한바탕 신나게 논 아이들은 나무 그늘에서 곰돌이와 곰순이에게 기대어 낮잠을 잤다. 다들 편안한 얼굴로 잠들어 있다.

어째서인지 놀지 않았던 카가리 씨도 함께 있었다.

어쩌면 아직도 원래의 체력이 아닐지도 모른다.

나와 시노부는 피나 일행이 감기에 걸리지 않도록 모두에게 수건을 덮어주었다.

"시노부는 안 피곤해?"

“이 정도는 괜찮아요. 일하는 거에 비하면 훨씬 편해요.”

역시 닌자다.

“그러고 보니 애들이랑 놀았는데 다친 곳은 괜찮아?”

“크게 움직이면 아직 조금 통증이 있긴 하지만 누구 씨가 뭔가를 해 준 덕분에 괜찮아요.”

시노부가 다친 왼쪽 어깨를 돌렸다.

“나머지 자잘한 상처에는 약을 발라 뒀으니 금방 나을 거예요.”

그렇다면 다행이다. 얼핏 봐도 흉터가 남을 만한 상처는 보이지 않았다. 나은 곳은 어깨와 얼굴뿐이었지만 괜찮은 모양이다. 그 피투성이인 모습에는 나도 적잖이 놀랐으니까.

“유나, 정말 고마워요.”

“갑자기, 뭐야?”

“이렇게 즐거워하는 사쿠라 님을 본 건 정말 오랜만이에요. 피나도 슈리도 다들 좋은 애들이네요.”

시노부는 흐뭇한 표정으로 곰돌이와 곰순이에게 기대어 있는 사쿠라와 아이들을 바라보았다.

“사쿠라와 마찬가지로 피나와 슈리는 열심히 사는 애들이니까.”

나는 곰돌이에게 기대어 잠든 피나를 바라보았다.

피나가 옆에 있어준 덕분에 즐거웠던 순간이 많았다. 나를 순수하게 좋아해 주는 것이 기뻤다. 매사 열심히 하는 모습을 보면 도움을 주고 싶어진다.

물론 루이밍도 착하다.

그날의 저녁 식사를 마친 슈리와 루이밍은 다다미 위에 누워 있었다.

식후 휴식도 취했고, 평소 같으면 졸리다고 했을 슈리도 낮잠을 잔 덕분인지 기운이 넘쳤다.

게다가 다다미 위에서 뒹굴뒹굴하고 싶은 그 마음은 충분히 이해한다.

기분 좋으니까.

"정말 여기서 자고 가도 되나요?"

방석에 앉아 있던 피나가 물었다.

"우리 말고는 아무도 없으니까 신경 쓰지 마."

티루미나 씨에게는 자고갈 수도 있다고 사전에 전해 두었기 때문에 괜찮다.

참고로 루이밍은 한번 엘프 마을로 돌아가서 할아버지인 무무르트 씨에게 자고 오겠다는 말을 전하고 다시 돌아왔다.

"그럼 이제 온천에 들어가 볼까?"

"유나 언니, 온천이 뭐야?"

다다미 위에 누워 있던 슈리가 뒹굴던 것을 멈추고 물어왔다.

"간단히 말해 지하에서 나오는 뜨거운 물을 이용해서 목욕하는 거야."

슈리는 내 설명을 들어도 잘 모르겠는지 고개를 연신 갸우뚱했다.

"으음~, 정말로 지하에서 뜨거운 물이 나오는 건가요?"

저번에 루이밍한테도 설명했는데 여전히 믿지 못하는 눈치다.

"보통은 차가운 물이지만 장소에 따라서는 지하에서 따뜻한 물도 나와."

지형이 어떻고 화산 마그마가 어떻고 지하로 흐르는 물이 어떻고 설명해도 잘 모를 테니 간단하게만 설명했다.

하지만 슈리와 루이밍은 여전히 알쏭달쏭한 표정이었다.

"넌 참 박식하구나. 온천을 모르는 사람이 지하에서 뜨거운 물이 나온다는 말을 들으면 대부분은 쉽게 믿기 어려운 법이지."

지층에 관한 교육이 없을 테니 어쩔 수 없는 일이다.

게다가 뜨거운 물이 솟아나는 광경을 본 적이 없다면 모르는 것이 당연했다. 텔레비전이나 인터넷이 있는 것도 아니었기 때문에 달리 정보를 얻을 수도 없다.

나도 지금으로선 다른 나라의 정보를 알 수 없었다. 어떤 기후인지, 어떤 음식이 있는지, 어떤 복장을 하고 있는지, 어떤 종족이 있는지, 어떤 마물이 살고 있는지 알 수 없는 것이다.

온천을 본 적이 없다면 온천에 대해 모른다 해도 어쩔 수 없는 일이겠지.

우리는 3층에 있는 온천으로 향했다. 「탕」이라고 적힌 포렴을 지나 탈의실로 들어간다.

"우선 여기서 옷을 벗어."

"어, 욕조는 어디 있어?"

슈리가 두리번거리며 주위를 둘러보았다.

나무문으로 가려져 있어 온천은 보이지 않았다.

"지금 열게요."

시노부가 미닫이문을 열었다.

"와아, 굉장하다. 욕조가 밖에 있어."

미닫이문 앞에서 슈리가 탄성을 뱉었다. 그 목소리에 피나와 루이밍이 반응하듯 미닫이문 앞으로 다가왔다.

"정말 대단하네요."

"큰 욕조로군요."

"자자, 옷을 벗어야 들어갈 수 있어."

내 말에 슈리는 서둘러 옷을 벗었다. 이어서 루이밍, 피나, 사쿠라, 시노부, 카가리 씨가 모두 옷을 벗어나갔고 나도 곰 인형 옷을 벗었다.

"역시 유나는 머리도 길고 미인이네요. 그런데도 그런 차림을 하고 있다니 아까워요."

"유나 님은 정말 예뻐요."

시노부와 사쿠라가 아첨을 떨었다.

아마 시노부의 눈은 동태눈이라 그런 것일 테고, 사쿠라는 내가 이무기를 쓰러뜨렸다는 사실에 2, 30퍼센트 더 높게 평가하고 있는 것뿐이겠지. 장래에 사쿠라는 미인으로 자랄 것이고 시노부도 미인에 속했다.

"평범한 옷을 입으면 인기가 많을 텐데요."

즉 곰 옷을 입으면 인기가 없다는 뜻이다. 좋은 일이다.

애초에 내가 예쁜 옷을 차려입고 남자와 데이트를 한다는 이미지도 떠오르지 않고 그럴 필요성도 없었다.

"나보다 시노부가 더 인기가 많겠지."

시노부의 몸은 나와 달리 탄탄했다. 나는 시노부의 팔을 잡고 만져보았다. 단련한 것이 느껴지는 몸이었다. 그에 비해 내 팔뚝은 말랑말랑하다. 시노부의 복근도 단련되어 탄탄했다. 나와는 현저히 다른 모습이다.

이것이 은둔형 외톨이인 나와 꾸준히 몸을 단련해 온 시노부와의 차이였다.

"갑자기 제 팔을 잡더니 왜 그런 우울한 표정을 짓는 거예요?"

"시노부는 얼굴도 몸도 예쁘다는 뜻이야."

그런 사람에게 예쁘다는 말을 들어봤자 아첨으로밖에 들리지 않았다.

곰 장갑을 하고 있었다면 시노부 앞에 거울을 내밀어 주고 싶었다.

"유나의 몸은 예쁜데 단련은 안 했네요. 그런데 그렇게나 강하다니 신기해요."

그렇게 빤히 바라보지 말아줄래?

나는 수건으로 몸을 가렸다.

"자자, 이상한 짓 하지 말고 빨리들 가지."

카가리 씨의 말로 모두의 준비가 끝났다는 것을 알았다.

"유나 언니, 빨리!"

우리는 탈의실에서 노천탕이 있는 밖으로 나갔다.

525 곰 씨, 온천에 들어가다

옷을 벗은 우리는 슈리를 선두로 탈의실에서 노천탕으로 이동했다.

아까도 봤지만 참 넓은 목욕탕이다. 다 같이 들어가도 여유가 남는다.

슈리는 당장이라도 온천에 달려들 기세였다. 하지만 그런 슈리의 팔을 피나가 잡아 세웠다.

"먼저 몸부터 씻자. 이리 와, 씻겨줄게."

피나가 슈리를 데리고 몸을 씻는 곳으로 향했다. 그 모습을 보던 루이밍이 사쿠라에게 말을 걸었다.

"그럼 사쿠라의 몸은 제가 씻겨드릴게요."

"그럼 보답으로 제가 루이밍 씨의 몸을 씻겨드리겠습니다."

사쿠라와 루이밍이 함께 떠났다.

"음, 그럼 전 카가리 님의 몸을 씻겨 드릴게요."

시노부는 카가리 씨의 겨드랑이 밑으로 손을 넣더니 달랑 들어올려 이동했다.

"이 몸을 애 취급하지 말아라!"

"당연히 안 했죠. 그러니까 날뛰지 마세요."

시노부는 날뛰는 카가리 씨를 데리고 떠났다.

필연적으로 나 혼자 남겨졌다.

남겨진 나는 혼자 쓸쓸하게 몸을 씻으려고 했는데, 알고 보니 혼자가 아니었다. 발밑에 꼬맹이화한 곰돌이와 곰순이가 다가와 있었다.

그렇지. 나에게는 곰돌이와 곰순이가 있었다.

곰돌이와 곰순이를 데리고 몸 씻는 곳으로 이동했다. 나는 곰돌이와 곰순이 몸을 씻겨주기로 했다. 여전한 푹신푹신한 녀석들을 비누로 씻겨주자 웃음이 날 정도로 거품이 피어올랐다. 그 모습을 지켜보던 슈리와 사쿠라가 소리를 질렀다.

"아, 나도 곰돌이와 곰순이를 씻겨줄래!"

"곰순이 님과 곰돌이 님은 몇 번이나 저희를 등에 태워주셨죠. 보답으로 저도 씻겨드리고 싶습니다."

하지만 두 사람은 피나와 루이밍에 의해 제지당했다.

"슈리, 먼저 몸을 씻고 난 뒤에."

"사쿠라도."

슈리와 사쿠라 두 사람은 피나와 루이밍의 손에 끌려갔다.

"으우, 언니, 빨리 씻겨줘."

"루이밍 씨, 죄송해요."

두 사람은 서둘러 몸을 씻었고, 씻겨준 보답으로 피나와 루이밍의 등까지 닦아준 뒤 다시 이쪽으로 다가왔다.

그리고 두 사람은 내 옆에서 곰순이를 씻기기 시작했다. 이미 한번 씻은 곰순이는 한 번 더 씻기는 신세가 됐지만, 저항하지 않고 순순히 몸을 맡겼다.

"곰순이 푹신푹신해~."

"곰순이 님, 늘 등에 태워 주셔서 감사해요."

두 사람은 즐거워하며 곰순이를 씻겨주었다.

곰돌이가 느긋하게 앉아 있자 루이밍이 찾아왔다.

"그럼 저는 곰돌이를 씻겨드릴게요. 오늘 등에 태워줘서 고마워요. 즐거웠어요. 그리고 엘프 마을 때도 고마웠어요."

루이밍도 감사의 말을 전하며 곰돌이의 몸을 씻겨주기 시작했다. 곰돌이도 두 번째로 몸을 씻게 됐다.

"유나 언니, 등 씻겨드릴게요."

내가 몸을 씻고 있자 피나가 등 뒤로 다가왔다.

그 모습을 본 다른 아이들까지 「저도 유나 님 등을 씻겨드릴게요」「나도~」「그럼 저도 씻겨드릴게요」 하고 나선다.

외톨이였던 나에게 사람들이 모이기 시작했다. 이렇게 모여도 내 몸은 하나밖에 없다.

"내 쪽은 괜찮으니까 곰돌이와 곰순이를 씻겨줘. 그리고 빨리 온천에 들어가지 않으면 감기 걸린다?"

곰돌이와 곰순이를 미끼로 삼아 모두를 다시 떨어뜨렸다.

혼자일 땐 쓸쓸하다고 생각했는데, 사람들이 모이면 그땐 반대로 혼자 있고 싶다는 생각이 드는 법이다.

그리하여 곰순이와 곰돌이를 다 씻긴 슈리, 사쿠라, 루이밍은 곰돌이와 곰순이를 데리고 욕조로 향했다. 참고로 카가리 씨도 곰돌이를 잠시 씻겨주었다.

보답이었을까?

"유나 언니, 곰이 아니야!"

욕조로 향한 슈리가 그렇게 소리쳤다.

무슨 일인가 싶어 그녀를 바라보니 슈리는 뜨거운 물이 나오는 대나무 통 부분을 보고 있었다.

아아, 우리 집이나 고아원에 있는 욕실의 물은 곰의 입에서 나오는 시스템이었는데, 이것을 보고 곰이 아니라고 말한 것 같았다.

"내가 만든 게 아니니까."

곰을 만든 뒤에 대나무 통 부분을 입에 넣으면 끝이다. 마법으로 쉽게 만들 수 있으니 다음에 만들어 둘까? 지금은 곰 장갑이 없어서 마법을 쓸 수가 없다. 이럴 때 마법을 못 쓴다는 건 불편하다.

슈리는 온천수가 나오는 대나무 통 근처로 들어가기 위해 뜨거운 물에 손을 넣어본다.

"뜨거워, 이렇게 뜨거우면 못 들어가."

"슈리, 제일 안쪽에 있는 욕조는 온도가 낮으니까 들어갈 수 있어."

사쿠라는 대나무 통에서 뜨거운 물이 나오는 곳과 가장 멀리 떨어진 욕조를 가리켰다. 슈리는 사쿠라가 말한 장소로 이동하여 뜨거운 물에 손을 넣어본다.

"정말이다. 안 뜨겁네."

아무래도 사쿠라 말대로 온도가 낮은 모양이다.

슈리가 온천 안으로 들어갔다. 그 뒤를 사쿠라, 루이밍, 피나가 뒤따랐다.

"후후, 다들 어린애네요."

시노부는 미지근한 물속에 들어가 있는 아이들의 모습을 보며 미소 지었다. 그리고 자신이 어른이라는 것을 강조하듯 대나무 통에서 가장 뜨거운 물이 나오는 욕조에 몸을 담갔다.

"시노부 언니, 안 뜨거워?"

"후후, 이 정도는 거뜬하죠. 단련하고 있으니까요."

허세인 건지 정말 괜찮은 건지 시노부는 아무렇지도 않은 얼굴로 뜨거운 물에 잠겨 있었다.

애초에 단련한다는 것은 무슨 뜻일까? 근육이 붙으면 뜨거워도 견딜 수 있는 건가? 아니면 그냥 뜨거운 온천에 익숙하다는 건가?

"난 미지근한 쪽으로 가야겠다."

카가리 씨는 시노부와 아이들 쪽을 비교해 보더니 아이들이 모여 있는 욕조 쪽으로 향했다.

"카가리 님도 어린애군요."

"난 뜨거운 게 싫을 뿐이야."

그런 나는 물론 온도가 낮은 쪽으로 들어갔다. 뜨거운 목욕을 좋아하는 것도 아니고, 개인적으로는 온도가 낮은 곳에서 목욕을 오래 하는 타입이었다.

내가 온도가 낮은 쪽으로 들어가자 필연적으로 곰돌이와 곰순이도 따라들어왔다.

시노부를 제외한 전원이 온도가 낮은 쪽의 온천에 들어간 것이다.

"으윽, 외로워요."

"이쪽은 어린아이 욕조가 아니냐. 어른은 이쪽으로 오지 마라."

"너무해요."

조금 전 아이라며 무시당한 것을 담아두고 있던 모양이었다.

시노부가 볼을 부풀리며 말하자 모두가 웃음을 터뜨렸다.

"그건 그렇고 별이 참 아름답게 빛나는 하늘이네요."

노천탕에서 보이는 밤하늘에는 별이 숨 막힐 정도로 가득 펼쳐져 있었다.

날씨가 좋아서 다행이다.

"응, 정말 예쁘다. 사쿠라, 불러줘서 고마워."

루이밍이 감사의 말을 전했다.

"좋아해 주시니 저도 기뻐요."

도시의 야경도 아름답지만 도시에서는 밤하늘 가득한 별을 볼 수 없다. 하지만 이곳에는 지상에 빛이 하나도 없었기에 별이 빛나는 아름다운 하늘을 볼 수 있는 것이다. 그리고 지구와 마찬가지로 달도 보인다. 그 달이 호수에 비쳐서 그것조차 환상적이고 아름다웠다.

다들 욕조 가장자리에 기대어 밖을 내다보았다.

온천에 들어가 별이 빛나는 하늘을 보다니 사치스러운 시간이다. 목욕할 때는 이쪽으로 오는 것도 나쁘지 않을 것 같다.

모두들 발을 뻗고 별이 빛나는 하늘을 바라보았다.

"와! 별똥별이에요."

사쿠라가 소리쳤다.

모두가 밤하늘을 보고 있었던 덕분에 때문에 동시에 별똥별을 볼 수 있었다.

"제가 사는 나라에서는 별똥별을 보면 행운이 찾아온다는 전설이 있답니다."

"그런가요?"

"네, 하지만 제 행운은 이미 찾아왔어요. 유나 님을 만나고, 모두와 이렇게 만날 수 있었으니까요."

사쿠라는 부끄러워하는 내색도 없이 그렇게 말한다.

"응, 나도 유나 씨를 만난 일이 행운이야."

"네, 저도 유나 언니를 만난 게 행운이었어요."

"나도~."

사쿠라가 말하자 루이밍, 피나, 슈리가 차례차례 말을 이었다.

"그렇지, 아가씨가 없었다면 무무르트 녀석을 다시 만날 수 없었을 거야. 만나지 못했다면 어떻게 됐을지 알 수 없었을 테니, 정말 행운이 맞구나."

"맞아요. 유나를 만나지 못했다면 이 나라는 어떻게 됐을까요?"

여기서 나도 「내 행운도 너희와 만났다는 거야」라는 대사는 차마 할 수 없었다. 너무 창피했으니까. 말할 수 있을 리가 없다.

"후후, 이러니까 마치 별똥별이 아니라 유나 님을 만나서 행운이 찾아온 것 같네요."

"행운을 부르는 곰 님!"

슈리가 소리쳤다.

"정말로 행운을 부르는 곰 님이네요."

모두가 웃기 시작했다.

"참고로 말하면 여우도 행운이야."

카가리 씨가 질세라 말을 덧붙였다.

원래 세계에서도 여우는 곡식이나 농사의 신으로서 숭배받는 일이 많았을 정도다. 정확히 말하자면 곰보다는 여우가 위였다. 애초에 곰을 모시는 신사가 있다는 이야기는 들어본 적도 없다.

이 세상에 곰신 같은 게 있을까? 어쩐지 묘하게 기분이 좋아진 나는 욕조에 몸을 담근 곰돌이와 곰순이를 바라보았다. ……신인가?

그렇게 한동안 온천에 몸을 담근 채 별이 빛나는 하늘을 감상한 우리는 온천을 나왔다.

나는 몸에 큰 수건을 두른 뒤 곰 장갑에서 드라이기를 두 개 꺼내 하나를 피나에게 건네주었다.

그리고 비치된 의자 2개를 준비해서 한쪽 의자에 앉았다. 그리고 곰돌이와 곰순이에게 시선을 돌렸다.

"오늘은 누가 먼저였지?"

나는 곰돌이와 곰순이의 털을 말릴 때 번갈아가며 말려주고 있다.

내가 묻자 곰돌이가 다가왔다.

"오늘은 곰돌이구나."

나는 또 다른 의자 위에 곰돌이를 올려놓고 수건으로 닦아준 뒤 드라이기를 꺼내 털을 말려주었다.

한번 돌려보냈다가 다시 소환하면 순식간에 마르긴 하지만, 곰돌이와 곰순이에게는 감사의 마음을 담아 씻기고 말리고 빗질까지 해 주고 있었다.

"그게 뭔가요?"

"불의 마석과 바람의 마석을 이용해서 만든 머리를 말리는 마도구야."

나는 곰돌이를 말리던 온풍을 시노부에게 향해 주었다.

"따뜻하네요."

"그래서 머리를 말릴 수 있지."

나는 드라이기 바람을 곰돌이에게 되돌려 털을 말려주었다. 곰돌이는 편안한 표정을 짓고 있다.

"편리해 보이는구나. 나한테도 빌려줘."

나는 드라이기를 하나 더 꺼냈다.

"3개밖에 없으니까 돌아가면서 쓰세요."

시노부가 받아들어 사쿠라와 카가리 씨의 머리를 말려주었다. 사쿠라의 머리는 검고 길다. 카가리 씨는 금색의 긴 머리다. 시노부의 머리도 묶어놔서 그렇지 풀면 긴 머리다. 다들 말리는데 오래 걸릴 것 같다.

피나와 슈리는 목에 닿을 정도로 짧았다. 루이밍의 연두색 머리는 길다.

피나, 슈리, 루이밍 셋이서 번갈아가며 말리고 있다.

나는 모두의 모습을 보면서 곰돌이의 털을 말려주었다.

"자, 끝났다. 이번에는 곰순이 차례야."

곰돌이를 의자에서 내려준 뒤 곰순이를 의자에 올려두고 곰순이의 털을 말려주기 시작했다.

슈리도 사쿠라도 하고 싶어 했으나 두 사람의 머리카락이 다 마르기도 전에 끝나고 말았다.

마지막으로 자신의 머리카락을 말리고 인형 옷을 입었다.

"유나 님, 그 모습은 뭔가요?"

사쿠라의 말을 듣고 깨달았다.

나는 평소와 같은 버릇대로 흰 곰 옷으로 갈아입고 만 것이다.

"곰순이 님과 같은 하얀 곰이네요."

뭔가 미적지근한 눈빛으로 그런 말을 들었다.

526 곰 씨, 잠들다

온천에서 나온 우리는 방으로 돌아왔다.

"그럼 이불을 깔게요."

"이불이 있어?"

곰 박스에서 꺼내려고 했는데.

"있어요. 원래는 국왕님을 위한 온천이니까요. 하인을 포함한 많은 사람들이 머무니까 이불은 아주 많아요. 물론 시트도 다 깨끗한 거니까 문제없어요."

그런 부분까지 신경을 썼을 줄은 몰랐다.

혹시나 하는 건데, 국왕이 썼던 이불은 없겠지?

우리는 각자 자신들의 이부자리를 준비했다.

방에 이불을 나란히 깔아두고 다 함께 잔다고 하니 뭔가 수학여행 같았다(가본 적은 없지만).

"카가리 님은 어떻게 하시겠어요? 저쪽 방에서 혼자 주무실래요?"

"아니, 오늘 하루 정도는 모두와 함께 자도 괜찮다."

"혹시 외로우신가요?"

시노부가 씨익 미소 지으며 말했다. 혹시 목욕 때의 일을 되갚아주려는 건가?

"내가 너도 아닌데 외로워할 리가 있겠느냐. 오랜만에 사쿠라를 만났으니 같이 있겠다는 거지. 네가 저 방에서 자고 싶으면 혼자 써도 된다."

"사양할게요. 온천처럼 또 혼자 있는 건 외로우니까요."

역시 외로웠나 보다.

이불을 다 깔고 나자 슈리와 루이밍이 졸린 얼굴을 했다. 슈리는 막내였고 루이밍은 숲에 사는 엘프다. 자는 시간이 빠를지도 모른다.

전기를 대신할 빛의 마석은 있었지만 해가 진 뒤 목욕을 해서 시간이 이미 늦었다. 이 시간이면 다들 잘 시간이지 않을까.

"언니, 곰순이 꺼내줘."

작게 하품을 한 슈리가 피나에게 그런 부탁을 한다.

내 옆에 있던 곰순이는 자신의 이름이 불려 고개를 갸우뚱한다. 나는 여기 있는데, 라는 눈빛으로 나를 바라본다.

"잠깐만 있어봐."

피나는 슈리가 하는 말을 이해했는지, 아이템 봉투를 집어 들더니 그곳에서 하얀 무언가를 꺼내들었다.

"곰순이……."

그녀가 꺼낸 것은 곰순이 인형이었다.

슈리는 곰순이 인형을 꼭 끌어안더니 그대로 이불 위로 푹 쓰러졌다. 그리고 그대로 숨을 고르게 내쉰다. 빠르다. 순식간에 잠들어 버렸다. 쏟아지는 졸음에 버티지 못한 모양이다.

피나는 슈리가 감기에 걸리지 않도록 이불을 덮어주었다.

"인형을 가져왔었어?"

"네, 자고 갈 것도 생각해서 가져왔어요. 이게 옆에 있으면 슈리는 안심하고 푹 잘 자거든요."

피나는 그렇게 말하며 아이템 봉투에서 곰돌이 인형을 꺼내 자신의 머리맡에 놓는다. 착실하게 자신의 곰돌이 인형도 가져온 모양이다.

두 사람 다 소중하게 아껴주고 있구나.

"유나 님, 슈리와 피나가 가지고 있는 저 곰순이 님과 곰돌이 님은 뭔가요?"

사쿠라는 피나와 슈리가 끌어안은 곰돌이와 곰순이 인형을 보며 물었다.

"곰돌이랑 곰순이랑 똑같이 생겼어요."

졸린 눈을 하고 있던 루이밍도 눈을 크게 뜨며 묻는다.

"곰 인형? 아니면 곰 장난감이라고 하는 편이 좋을까? 어쨌든 곰돌이와 곰순이를 바탕 삼아 만든 인형이야."

화의 나라에서는 뭐라고 하는지 잘 몰랐기에 그런 식으로 설명했다.

인형이라고 해도 의미가 전해질지 어떨지 모르겠지만, 자동번역으로 통했으려나?

"인형인가요? 너무 귀여워요."

사쿠라는 슈리가 끌어안은 곰순이 인형을 바라보았다. 이 눈은 이미 몇 번이나 본 적이 있다.

"갖고 싶어?"

"아, 그…… 네."

사쿠라는 부끄러운 것인지 고개를 숙이며 대답했다.

나는 흐뭇한 미소를 지으며 곰 박스에서 곰돌이와 곰순이 인형을 꺼내 사쿠라에게 내밀었다.

"주시는 건가요?"

"응, 하지만 곰돌이와 곰순이는 함께야. 인형이라도 곰돌이와 곰순이가 따로 떨어져 있으면 가여우니까."

사쿠라는 곰순이를 좋아한다. 고르라고 하면 곰순이를 고를 것 같다. 하지만 인형은 두 개가 함께 있는 편이 좋았다.

사쿠라는 곰돌이와 곰순이 인형에 손을 뻗어 끌어안는다.

"부드러워요. 귀여워요."

"소중히 아껴줘."

"네. 평생 간직할게요."

기쁜 얼굴로 다시 한번 껴안는다. 선물했을 때 기뻐해 주면 주는 사람도 기분이 좋다.

"곰순이 님과 곰돌이 님과 똑같아요. 유나 님이 만드신 건가요?"

"이건 아는 사람이 만들어 준 거야."

바느질을 잘하는 고아원 여자아이 셰리가 만들었다.

사쿠라는 무릎 위에 올려두고 곰돌이와 곰순이 인형의 머리를 쓰다듬어 주었다. 그런 사쿠라를 부러워하는 인물이 있었다.

"유나 씨, 다른 사람들한테만 주고 치사해요. 저도 곰돌이와 곰순이 인형 갖고 싶어요."

"루이밍도? 인형인데?"

"저는 인형을 받으면 안 되나요?"

"그런 건 아니지만."

"그럼 저도 갖고 싶어요."

그 엘프 마을에 곰 인형이 들어갔다가 괜히 숭배받는 건 아니겠지?

제단에 장식된 곰 인형의 모습을 상상하자 실로 괴이했다.

뭐, 아무리 그래도 그렇게 되지는 않겠지. 난 곰 박스에서 새로이 한 세트의 곰돌이와 곰순이 인형을 더 꺼내 루이밍에게 건네주었다.

"우와, 감사합니다. 저도 소중히 할게요."

루이밍도 기쁜 얼굴로 인형을 끌어안는다.

"두 사람 다 좋겠네요. 저도 갖고 싶어요."

"시노부한테는 안 줄 거야."

"어째서요?!"

"뭔가 나이프나 수리검의 표적이 될 것 같아."

시노부에게 주면 인형이 과녁 대신 쓰여 구멍투성이가 될 것 같았다.

"그런 짓 안 해요! 유나는 절 대체 뭐라고 생각하는 거죠?!"

"……좀 수상쩍은 사람?"

"너, 너무해요!"

충격을 받은 모습이었지만 그 몸짓조차 수상해 보이는 것은 기분 탓일까.

"아까부터 곰, 곰, 곰…… 시끄러워 죽겠구나."

우리가 곰돌이와 곰순이 인형 이야기로 떠들고 있자 카가리 씨가 볼을 부풀리며 그렇게 말했다.

"여우가 곰보다 더 귀엽다. 게다가 귀도 꼬리도 곰보다 더 길고 푹신푹신하니 최고 아니냐."

카가리 씨는 지금까지 숨기고 있던 여우의 귀와 꼬리를 내보였다.

""크~응.""

곰돌이와 곰순이는 그에 대항하듯 카가리 씨를 향해 엉덩이를 내밀었다.

"후후, 그런 작은 꼬리에는 지지 않지."

또다시 카가리 씨와 곰돌이와 곰순이가 경쟁을 시작했다. 양쪽 다 귀엽고 좋은 것 같은데.

"카가리 님, 여우도 귀여워요. 다음에는 사랑스러운 여우 인형을 만들어야겠어요."

"저도 좋은 생각 같아요."

"실력 좋은 장인을 찾아야겠군요."

셰리라면 만들 수 있지 않을까?

하지만 견본이 없으면 어려우려나.

"나, 난 딱히 만들어달라고 한 적 없다."

카가리 씨는 말과는 달리 꼬리가 살랑살랑 흔들리고 있다.

아무래도 기쁜 모양이다. 츤데레 여우구나.

"그건 그렇고 넌 그런 걸 만들어서 본인이 귀엽다는 걸 어필이라도 하려는 거냐?"

"안 해요!"

이 여자애는 대체 무슨 말을 하는 걸까.

"그치만 그 모습도 그렇고, 저 집도 그렇고. 곰돌이와 곰순이를 곁에 두고 있는데다 이런 인형까지 만들었잖아. 자기주장을 하고 있는 거 아니냐?"

남들이 보기엔 확실히 그렇게 보일 수도 있을 것 같다. 하지만 사실은 아니다.

"전 곰의 가호를 받고 있는 것뿐이에요. 그래서 이런 차림을 하고 있는 거죠. 카가리 씨도 여우의 가호 같은 것을 받고 있는 거 아닌가요?"

"그렇긴 하다만, 혹시 넌 곰으로 변화할 수 있느냐?"

"못 해요."

내가 그렇게 말하자 카가리 씨는 아쉬워했다.

어째서?

혹시 동류라고 생각한 걸까?

애초에 카가리 씨는 정체가 뭘까?

정말 여우 요괴인가?

그 후 인형을 끌어안은 멤버들이 하나둘 졸린 모습을 보이기 시작해서 결국 방의 불을 끄고 다 같이 잠들게 되었다. 하루 종일 노느라 피곤했던 것인지, 온천이 기분 좋았던 것인지, 불을 끄자마자 다들 말도 없이 금세 곯아떨어졌다. 그런 조용한 방안에 가끔 슈리의 사랑스러운 잠꼬대가 들려오는 정도였다. 나도 곰돌이와 곰순이와 함께 잠에 빠져들었다.

527 곰 씨, 마을로 향하다

들려오는 말소리에 잠이 깼다. 눈을 뜨고 일어나자 사쿠라와 루이밍이 대화를 나누는 모습이 보였다.

"유나 님, 안녕히 주무셨어요?"

"유나 씨, 좋은 아침이에요."

"좋은 아침. 둘 다 빨리 일어났네."

나는 눈을 비비며 인사했다.

"보통 아침은 빠른 편이라서요."

"저도 이 시간에는 깨어 있어요."

사쿠라는 규칙적인 성격인 듯했고 숲속에서 사는 엘프 루이밍도 아침이 이른 모양이었다.

이불 쪽으로 눈을 돌리자 슈리는 곰순이 인형을 끌어안은 채, 카가리 씨는 베개를 끌어안은 채 자고 있었다.

"어? 피나는?"

그리고 곰돌이의 모습도 없다. 곰순이는 사쿠라의 팔 안에 있었다.

"피나라면 밖으로 산책하러 갔어요."

"혹시 혼자서?"

"곰돌이 님과 시노부가 함께 있으니 괜찮아요."

이제 보니 시노부도 없다.

"사쿠라와 루이밍은 안 따라갔어?"

"그때 전 아직 자고 있었거든요."

루이밍보다 일찍 일어나다니, 피나는 얼마나 일찍 일어난 걸까.

"전 일어나 있었는데, 다른 분들에 일어나셨을 때 저와 피나가 없다면 걱정할 것 같아서 여기 남았습니다."

확실히 일어났을 때 다른 애들까지 다 없었다면 걱정했을지도 모른다. 시노부가 납치한 것이 아닐까 오해했을지도 모른다.

"하지만 피나 혼자만 보내기엔 조금 걱정스러웠는데, 깨있던 시노부가 함께 가겠다고 해줬어요."

시노부도 일찍 일어나네. 뭔가 작은 소리에도 바로 잠에서 깰 것 같은 이미지이긴 하다.

"그리고 곰순이 님과 곰돌이 님도 일어나서 대화를 하는가 싶더니 곰돌이 님이 피나를 따라갔어요."

혹시 늘 피나를 부탁하고 있어서 피나의 호위로 따라가 준 것일까? 게다가 곰돌이와 곰순이가 대화를 나눴다니, 그런 희귀한 광경은 나도 구경하고 싶었는데.

뭐, 곰돌이가 따라갔다면 괜찮겠지.

"유나 님은 피나가 걱정되시나 보네요."

"뭐, 일단은 맡고 있으니까."

"유나 님의 걱정을 받는 피나가 부러워요."

“사쿠라도 걱정하고 있어.”

내 말에 사쿠라는 놀란 표정을 지었다.

“……모두가 유나 님을 왜 좋아하는지 알 것 같아요.”

“유나 씨는 멋있지.”

루이밍까지 칭찬에 가세한다.

“네.”

“이런 차림인데? 곰인데?”

나는 내가 입고 있는 흰곰 옷을 집어서 내보였다. 이런 곰 차림을 멋있다고 생각하는 사쿠라와 루이밍은 눈이 상당히 나쁜 모양이다. 치료 마법으로 나을 수 있을까?

“후후, 행동이나 언동. 유나 님의 마음가짐 같은 게 멋있다는 뜻이에요. 유나 님이 남자였다면 결혼해도 좋았을 것 같아요.”

“난 여자애야.”

“네, 유감이에요.”

어디까지 진심인지 모르겠지만, 사쿠라는 그렇게 말하며 미소 지었다.

그 후 나는 검은 곰 옷으로 갈아입은 뒤 슈리와 카가리를 깨웠다.

잠이 덜 깬 슈리가 나를 보고 「언니, 조금만 더」라고 하거나, 카가리 씨는 「3년만 더」라는 소릴 해댔지만, 둘 다 곧 일어났다.

이불을 다 정리했을 무렵 시노부와 피나, 피나에게 안긴 곰돌이가 돌아왔다.

"어서 와. 산책은 어땠어?"

"숲속이 정말 상쾌하더라고요. 그리고 호수도 예뻤어요."

아무래도 호수까지 산책하고 온 모양이다.

"언니, 치사해. 나도 가고 싶었는데."

산책 이야기를 꺼내는 피나에게 홀로 남겨진 슈리가 볼을 부풀리며 투정했다.

나도 같은 마음이다. 산책을 간다면 나도 끼워줬다면 좋았을 텐데.

"미안해. 창문으로 바깥을 보는데 어쩐지 좋아 보여서 밖에 나가고 싶었거든. 때마침 시노부 씨도 따라와 준다고 하셔서."

"피나는 소중한 손님이니까요. 게다가 곰돌이도 호위로 따라와 줬고요."

"크응~."

"시노부, 고마워. 그리고 곰돌이도."

나는 피나가 끌어안은 곰돌이의 머리를 쓰다듬어주었다.

"그나저나 아침은 뭘로 할까? 빵이라도 괜찮다면 준비할게."

"그것도 좋긴 하지만 이왕 이렇게 된 거 마을에 나가서 먹는 게 어때요? 이번에는 제가 대접할게요."

"꽤 통이 크네."

"이번 일로 받은 포상금이 꽤 되거든요."

"시노부는 받았구나."

“보통은 받죠. 거절한 유나와 카가리 님이 이상한 거예요.”

뭐, 나는 돈이 아니라 저택을 받았으니 금액적으로 내가 더 높지 않을까. 돈은 아무리 많아도 곤란할 일은 없으니 시노부의 생각을 부정할 마음은 없었다.

게다가 시노부는 목숨을 걸고 싸워주었다. 포상금을 받을 권리는 차고도 넘친다.

그 후 모두와 의논한 결과 아침 식사는 밖에 나가서 먹게 되었는데, 카가리 씨는 저택에 남겠다고 했다.

“오늘은 스즈란도 올 예정이니까. 아무도 없으면 가엾잖아. 게다가 난 잠을 좀 더 자야겠다. 너희들끼리 다녀오도록 해.”

그렇게 말하는 카가리 씨를 남기고 우리는 마을로 향했다.

“아, 맞다. 마을에 간다면 루이밍한테 이걸 먼저 줘야지.”

나는 국왕에게서 맡아둔, 길드 카드처럼 생긴 카드를 꺼내들었다.

“길드 카드인가요?”

“비슷한 건데, 국왕이 통행증을 대신하는 거라고 했어. 이것만 있으면 마을 안에도 들어갈 수 있고 사쿠라도 만날 수 있다는 것 같아.”

“그것을 저희 집 문지기에게 보여드리면 통과시켜 줄 거예요. 무무르트 님과의 약속입니다. 루이밍 씨, 언제든지 만나러 와주세요.”

“응! 만나러 갈게.”

카드에 마력을 흘려보내자 카드는 루이밍 소유가 되었다.

그 모습을 지켜보던 슈리가 내 옷을 잡았다.

“유나 언니, 내 건? 저 카드가 없으면 마을에 들어갈 수 없어?”

슈리가 불안한 얼굴로 물었다.

“슈리와 피나 건 없지만 나랑 같이 가면 괜찮아.”

“정말? 다행이다.”

“그러니까 나한테서 떨어지면 안 돼.”

“응!”

나와 루이밍은 곰돌이 위에, 슈리와 피나와 사쿠라는 곰순이 위에 올라탔다.

“곰순아, 3명이나 태워도 괜찮아?”

“크응~.”

괜찮아, 라고 말하듯이 대답한다.

평범한 어른도 2명은 태울 수 있으니 아이 3명 정도는 태울 수 있을 것이다.

“괜찮으세요?”

“크응~.”

내가 아니라 곰순이가 대답한다.

사쿠라가 맨 앞에 타고, 그 뒤에 슈리, 맨 뒤에 피나가 탔다. 곰순이는 3명이 탔는데도 거뜬하게 일어났다.

“그럼 출발할게요.”

하야테마루를 탄 시노부를 선두로 성이 있는 마을을 향해 출발했다.

“네? 그럼 사쿠라와는 같이 식사할 수 없는 건가요?”

“미안해요. 집에 한번 다녀와야 해서요. 하지만 오후에는 시간이 있으니 같이 있을 수 있습니다.”

마을로 향하는 길, 사쿠라가 함께 아침 식사를 할 수 없다는 사실을 모두에게 알렸다.

“그렇다면 집에서 다 같이 아침을 먹는 편이 좋지 않았을까요?”

“모두가 들떠 있는 와중에 찬물을 끼얹고 싶지 않아서 그랬어요, 죄송합니다.”

사쿠라에게 아침 식사를 함께 할 수 없다는 말을 들은 것은 출발을 시작하여 이동하던 와중이었다.

들어보니 따로 볼일이 있다고 한다. 배려해 준 것이겠지만 조금 아쉬운 마음도 들었다. 시노부도 모르고 있었다는 얼굴이었다. 알았다면 마을에서 아침 식사를 하자는 말을 꺼내지는 않았겠지.

그래도 오후부터 함께 있을 수 있다고 해서 오후에는 같이 지내기로 했다.

조금 후, 마을의 입구가 보였다.

“시노부, 그 카드가 있으면 곰돌이와 곰순이를 탄 채로 가도 괜찮은 거야?”

"으음, 카드를 보여주면 말없이 통과시켜줄 것 같긴 하지만 역시 좀 놀라긴 할 것 같네요."

카드를 보여주기까지의 과정이 귀찮을 것 같다.

"여기서부터는 걷는 편이 좋을까?"

"괜한 소란을 일으키지 않으려면 그렇게 하는 게 좋을 것 같아요."

나는 문 근처에서 평소와 같이 곰돌이와 곰순이를 돌려보낸 뒤 걸어가는 것을 택했다.

그리고 문으로 다가가는 우리. 여자아이만 6명. 게다가 한 명은 곰 차림을 하고 있다. 문지기의 눈이 다가오는 나에게 향했다. 의아함이라기보단 「저 차림은 뭐지?」에 가까운, 신기한 생물을 보는 눈빛이었다.

"카드를 보여주면 괜찮은 거 맞죠?"

루이밍이 불안함을 내비쳤다.

"괜찮아요. 그 카드를 갖고 있다는 건 나라의 중요한 관계자라는 뜻이니까요. 그런 인물의 심기를 거스르고 싶어 할 사람은 없으니까 아무 말 없이 통과시켜줄 거예요."

"반대로 말하면 그걸 노리고 이상한 사람이 다가올 것 같기도 하네."

"뭐, 없다고는 할 수 없지만 너무 과시하지만 않으면 괜찮아요."

나는 국왕이 준 카드를 곰 장갑으로 집어 들었다. 문 근처에 다가가자 문지기가 우리를 바라보는 것이 보였다. 나는 말없이 카드를 보여주었다. 그러자 문지기는 순간 놀란 표정을 짓는가 싶더니 나와 카드를 번갈아 바라본다. 하지만 시노부가 말한 대로 아무 말도 하지 않았다.

루이밍도 카드를 꺼내지만 나와 마찬가지로 아무 말도 하지 않았다.

게다가 사쿠라, 시노부 순으로 연달아 특별 카드를 본 문지기는 놀란 표정을 지으면서도 「지나가십시오」라고 말해 주었다.

문을 지날 때 피나와 슈리가 「우리도 괜찮은 걸까?」라며 걱정스러워했지만 문지기는 아무 말도 하지 않았다.

진짜 인장 같은 효과가 있는 모양이었다.

그만큼 이 카드는 특별한 것 같았다.

"우와~."

마을 안으로 들어서자 슈리와 피나, 루이밍이 두리번거리며 주위를 바라보았다. 모든 것이 신선해 보일 것이다. 건물도 복장도 크리모니아와는 다르니까.

두리번거리며 바쁘게 주위를 둘러보던 슈리의 눈이 한 곳에 멈췄다.

"유나 언니, 저 큰 건 뭐야?"

슈리가 가리키는 곳에는 성이 있었다.

"성이야."

"어? 아닌데. 성 아니야."

슈리가 알고 있는 성은 아마 플로라 님이 살고 있는 그런 성이겠지. 그래서 필연적으로 눈앞에 있는 일본식 성 같은 모습이 그녀의 눈에 성으로 보이지 않는 것이다. 슈리의 눈에는 이상한 건물처럼 보일지도 모른다.

"저것도 성이야. 성은 나라마다 다 다르거든."

"그런 거야?"

"봐, 주변 집이나 사람들이 입은 옷도 크리모니아랑은 다르지?"

나는 눈앞의 풍경으로 시선을 돌렸다. 모든 부분에 있어서 크리모니아와는 다르다.

"응, 달라."

"문화라는 말은 알아? 그 지역에 사는 사람들이 걸어온 길. 으음, 뭐라고 말해야 이해할 수 있을까?"

어떻게 설명해야 할지 난감해하자 피나가 입을 열었다.

"으음, 슈리. 유나 언니나 루이밍 씨, 사쿠라 씨를 보면 다들 복장이 다르지? 각자 사는 곳이 달라서 다 다른 거야. 세 사람의 복장은 크리모니아에서는 볼 수 없잖아?"

루이밍 같은 복장은 볼 수 있겠지만 나와 사쿠라의 복장은 볼 수 없었다.

"나라나 마을에 따라 달라지는 거야."

각 나라에는 저마다 걸어온 역사가 있어 여러모로 차이가 나기 마련이다.

슈리도 이해한 것인지 고개를 끄덕인다.

하지만 한 가지 정정하고 싶은 것이 있다. 내 고향에서도 인형 옷을 입고 다니는 사람은 없다. 있어도 잠옷 정도다. 아니면 무슨 행사 때문에 입는 사람 정도겠지. 결코 일반적으로 인형 옷을 입고 생활하는 사람은 없다.

하지만 그것을 지금 부정하자면 설명하기가 번거로웠기 때문에 조용히 말을 삼켰다.

"슈리 양의 심정은 이해해요. 저도 마을이나 성을 처음 봤을 때는 엘프 마을과 전혀 달라서 놀랐거든요. 하지만 나라가 달라지면 이렇게나 달라지는 법이네요."

"역시 다르군요. 저도 다른 나라에는 가본 적이 없어서 이게 평범한 거라고만 생각했어요."

사람은 자신이 본 것 말고는 지식을 얻기 어렵다.

나는 책이나 텔레비전, 인터넷으로 그 장소에 가지 않고도 지식을 얻을 수 있었다.

그런데 이 세계의 사람들은 그것이 불가능하다.

그러니 자신들 주변에 없는 것들을 보면 이상하게 여겨도 어쩔 수 없는 것이다.

528 곰 씨, 아침을 먹다

우리는 사쿠라를 배웅해 주기 위해 그녀가 사는 저택까지 찾아왔다.

"사쿠라 님!"

문 앞에 서 있던 문지기가 우리를 알아차리고 소리쳤다.

"수고가 많으세요."

사쿠라가 온화한 어조로 말을 걸었다.

"주무시고 오신다고 들었습니다만."

"걱정 끼쳐드려 죄송해요."

"아니요, 시노부 님과 함께 계시다는 걸 알고 있었으니까요."

문지기는 뒤에 있는 우리에게 눈길을 돌렸다.

"지난번 그 곰?"

아무래도 나를 기억하는 것 같다.

얼굴은 기억나지 않지만 처음 시노부가 날 이곳으로 데려왔을 때 있던 문지기인 모양이었다.

"다들 사쿠라 님의 손님이십니까?"

"맞아요. 다들 사쿠라 님의 친구예요."

"나중에 이 분들이 돌아오시면 안으로 들여보내 주세요. 그럼 여러분, 즐겁게 놀다 오세요. 시노부, 모두를 잘 부탁해요."

"알겠습니다. 제대로 안내할게요."

집 안으로 들어가는 사쿠라와 헤어진 우리는 아침 식사를 하러 갔다.

참고로 마을에 들어선 이후로 주민들의 시선은 계속 받고 있는 상태였다. 현재 진행형으로.

"사쿠라 언니네 집, 엄청 컸어."

"저건 사쿠라 혼자만 사는 집이 아니야. 무녀들이 모여 있는 집이거든."

"무녀?"

무녀란 말에 슈리가 고개를 갸우뚱했다. 무녀라는 말 자체를 이해하지 못하는 것 같았다. 여기서도 문화 차이가 드러났다.

각 나라의 문화를 설명하는 것은 어렵다. 나도 나라가 달라지면 상식적인 것이라도 모르는 것이 있다. 이런 것은 설명하기도 이해하기도 어려운 법이다.

"으음, 사쿠라의 일터라고 할까? 사쿠라 말고도 비슷한 일을 하는 사람이 같이 사는 거야."

그러니 일터임과 동시에 사쿠라 이외의 다른 사람들도 살고 있다는 내용을 간단히 설명했다.

"그래서 무녀가 뭐예요?"

이번에는 루이밍이 물어보았다.

"나한테 물어보는 것보다 시노부한테 물어보는 게 나을 것 같아."

본래 세계의 상식과 화의 나라 상식이 같다고는 할 수 없을 테니까.

"음, 설명하기 어렵네요. 신?을 모시는 자라고 할까요? 사쿠라 님은 그것과 관련된 일을 하고 있어요. 그래서 제사가 많죠."

"제사요?"

루이밍이 고개를 갸우뚱했다.

"주로 수확제예요. 결실을 보게 해 주셔서 감사하다는 인사를 드리는 거죠. 그리고 과거의 전승을 전해 주는 일도 있고요."

"힘들겠네요."

진짜 힘들 것 같다.

"옛날에는 카가리 님도 계셨대요."

"그래?"

그래서 카가리 씨와 사쿠라가 친했던 건가?

어렴풋이 이해한 것인지 시노부의 설명에 슈리도 루이밍도 고개를 끄덕였다.

"그래서 밥은 어디서 먹을 거야?"

슬슬 배가 고파 뭔가를 먹고 싶었다.

"그거 말이죠. 제가 자주 가는 가게에서 가볍게 식사를 마친 뒤에 마을을 천천히 돌아다니면서 이것저것 군것질을 할까 생각하고 있어요."

"미리 말해두겠지만 이상한 건 안 먹어."

"이상하다니 실례예요. 사쿠라 님도 드시니까 이상한 건 아니라고요."

"사쿠라가 먹는다고 해도 벌레는 기각이야."

메뚜기 같은 것을 먹기도 하지만 난 사양하고 싶다. 먹어본 적은 없지만 벌레라는 사실만으로 거부반응이 일어난다. 맛이 있고 없고의 문제를 떠나서 벌레라는 것 자체가 문제였다.

먹어보지도 않고 싫어한다는 소릴 들어도 거부할 것이다.

"벌레가 좋아요?"

"내가 하는 말 들었어? 만약 그런 가게에 데려간다면 난동을 부릴 거야. 가게를 부술 거야. 시노부를 죽일 거야."

"죽이지는 말아주세요. 벌레는 안 나오니까 괜찮아요."

아까 시노부의 표정을 보니 영 수상해서 마음이 놓이지 않았다.

"다른 사람들도 가리는 음식 없죠?"

"벌레는 먹기 싫어."

"아, 저도."

"저도요."

나뿐만 아니라 슈리, 피나, 루이밍도 반대했다. 동료가 있어서 다행이다.

모두의 의견도 일치했으니 시노부도 이상한 가게에는 데려가지 않을 것이다.

우리가 온 곳은 정식집 같은 느낌의 서민적인 가게였다. 시노부를 선두로 가게 안으로 들어갔다. 내부는 생각보다 넓었다. 테이블이 10개 정도 있고 카운터석도 있다.

그런데 손님이 아무도 없다. 숨은 맛집인지 인기가 없는 것인지 판단할 수 없었다.

"타이밍이 좋았네요. 비어 있어요."

"어머, 시노부. 어서 오렴."

내가 그런 걱정을 하고 있는데, 카운터 안쪽에서 앞치마와 머리에 삼각 두건을 두른 중년 여성이 나왔다. 시노부의 이름을 부른 것을 보니 정말로 단골 가게 모양이다.

"참고로 손님이 없는 건 다들 일하러 가서 그래요."

"들렸어요?"

"물론 손님이 오면 귀를 기울이지. 그나저나 오늘은 귀여운 아이들을 데려왔구나. 시노부의 연인들인가? 시노부는 여자애들한테 인기가 많으니 말이야."

"그런 거 아니에요. 친구예요. 다 같이 아침을 먹으러 온 것뿐이고요."

"그래? 그건 그렇고 다들 본 적 없는 옷을 입고 있네."

여성이 우리를 바라보다가 시선이 내게서 멈췄다.

"게다가, 곰이니? 그런 차림을 한 애는 처음 봤구나."

본 적이 있다면 그건 그거대로 곤란하다.

"이 차림에 대해서는 더 이상 묻지 않아주셨으면 좋겠어요."

"사정이 있는 거니?"

"사정이 있습니다."

"그럼 묻지 말아야지. 다들 편한 곳에 앉아요."

우리는 안쪽 테이블 자리에 앉았다.

"시노부 언니는 여자들한테 인기가 많아?"

의자에 앉은 슈리가 천진한 표정으로 물었다.

"딱히 인기 같은 거 없어요. 아주머니가 농담하는 걸 좋아해서 그런 거예요."

"그렇지 않은데?"

이야기를 듣던 여성이 시노부의 말을 부정했다.

"시노부는 어지간한 모험가보다 강하고 의지가 되니까 여자들이 잘 따르거든. 남자와 엮여 곤란해하는 여자가 있으면 선뜻 나서서 도와주니까 시노부를 흠모하는 여자애들도 많단다. 여자애들 사이에서는 시노부가 남자애였으면 좋았을 거라는 소리가 나올 정도로 말이지."

어디선가 들어본 대사였다.

"아주머니, 모두가 있는데서 이상한 소리 좀 하지 마세요. 그것보다 식사하러 왔어요. 이상한 말을 할 거라면 다른 곳으로 갈래요."

시노부가 강제로 말을 끊었다.

놀려먹을 소재를 얻을 수 있을까 했는데, 아쉽다.

“그럼 돌아가기 전에 주문을 들어볼까? 뭐로 할래?”

어떤 메뉴가 있는지 내가 물어보기도 전에 시노부가 대답했다.

“전부 다 평소 먹는 조식 세트로 주세요.”

“알았어. 조금만 기다려.”

아주머니는 시노부의 주문을 듣고 카운터 안쪽으로 향했다.

조식 세트라면 이상한 게 나오지는 않겠지.

“시노부는 늘 여기에 와?”

“저렴하고 빠르고 맛있어서 자주 와요.”

시노부의 말대로 조리실에서는 곧바로 조리가 시작되었다. 중년 남성이 보였다. 아까 그 여성의 남편인가?

그리고 오래 기다리지 않아 곧바로 음식이 테이블 위에 차려졌다. 정말로 빠르다.

밥에 된장국, 김, 낫토, 생선구이.

생선은 연어. 된장국에 든 재료도 미역과 두부로 심플한 구성이다. 확실히 화의 나라 느낌이 물씬 나는, 평범한 아침 식사였다.

“그럼 잘 먹겠습니다.”

“““““‘잘 먹겠습니다.”””””

나는 낫토에 간장을 두르고 휘저었다.

딱 적당하게 점성이 생겨났다. 낫토를 먹는 것도 오랜만이다. 음, 맛있겠다. 하지만 주변 사람들의 반응은 달랐다.

“읏, 끈적끈적해서 징그러워.”

나를 따라 낫토를 휘젓던 슈리가 손을 멈췄다.

"게다가 냄새도 나요."

루이밍이 낫토에 얼굴을 가까이 대고 이상한 표정을 지었다. 두 사람은 낫토가 담긴 그릇을 멀리했다. 피나는 그릇을 든 채 난감한 얼굴을 했다.

그럴 수 있다. 낫토를 모르는 사람에게 낫토는 괴상한 음식으로 분류된다고 한다.

"으음, 시노부 씨. 이 콩, 썩은 거 아닌가요? 끈적끈적하고 냄새도 나는데요."

루이밍이 낫토를 보며 조금 껄끄러운 표정으로 그렇게 물었다.

"네, 썩었어요."

"썩은 거예요?!"

시노부의 말에 경악한 세 사람이 낫토를 외면했다.

"그래도 먹을 수 있으니까 괜찮아요."

시노부는 그렇게 말하지만 세 사람은 불안해했다. 확실히 썩었다는 말을 들으면 불안하겠지.

"세 사람 다 걱정하지 않아도 괜찮아. 정확히 말하면 썩은 건 아니야. 발효시켰을 뿐이라 먹을 수 있어."

나는 그것을 증명하기 위해 낫토를 밥에 얹어서 먹었다.

오랜만의 낫토다. 맛있다.

"유나 씨……."

"유나 언니……."

"유나 언니, 괜찮아?"

세 사람이 걱정스러운 얼굴로 나를 바라보았다.

"그러고 보니 다른 나라에서는 낫토를 먹지 않는다는 말을 들은 것 같아요. 심지어 잘 못 먹는 사람이 많다고."

"먹지 않는다기보다, 애초에 없으니까. 그러니 처음 보는 사람은 놀랄지도 몰라."

화의 나라 말고는 본 적이 없다.

"죄송해요. 완전히 잊고 있었어요. 제가 먹을 테니까 주세요."

시노부가 미안한 얼굴로 말했다.

하긴 본인의 나라에서 평범하게 먹는 음식을 모르는 나라 사람들이 싫어할 거라는 생각은 흔히 하기 힘들 테니까.

"그렇다면 나도 거들게. 혼자서는 많잖아?"

"그건 다행이긴 한데, 유나는 괜찮아요?"

"괜찮아. 내 고향에도 있었으니까. 먹는 건 오랜만이라 반가울 정도야."

"그렇게 말씀해 주시니 기쁘네요."

시노부가 환한 표정으로 말했다. 적어도 나만이라도 먹어주지 않으면 가여우니까.

나는 슈리에게서 낫토가 담긴 그릇을 받아들었다.

"유나 언니, 정말 맛있어?"

"음, 글쎄. 싫어하는 사람은 싫어하기도 해. 그러니 억지로 먹을 필요는 없어."

일본에서도 관서 지역 사람들은 잘 못 먹는다는 말을 들은 적이 있다. 누구나 음식 문화가 다르면 입에 넣는 것을 두려워하기 마련이다. 나도 아무리 맛있다고 해도 벌레는 사양하고 싶다.

자라온 환경이 다르니 어쩔 수 없는 일이다.

"그럼 루이밍 몫은 제가 받을게요."

"시노부 씨, 죄송합니다."

루이밍은 낫토가 담긴 그릇을 시노부에게 내밀었다.

"피나는 어쩔 거야?"

"……먹어볼게요."

"무리하지 않아도 돼."

"아뇨, 음식은 함부로 버리면 안 되니까요."

"내가 먹을 거니까 버리는 건 아니지."

"그래도……."

피나가 낫토를 바라보았다. 약간 찌푸린 얼굴이다. 역시 냄새가 안 맞나?

"그럼 한 입만 먹어보고 못 먹겠으면 내가 가져갈게."

내 말에 피나는 한입 크기의 낫토를 밥 위에 올려두고는 숨을 멈추고 입에 넣었다. 그리고 입을 오물오물 움직인다. 마지막으로 꿀꺽 삼킨다.

"어때?"

"언니?"

"피나?"

나, 슈리, 루이밍이 걱정스럽게 지켜보았다.

"콩이 부드럽고, 간장과 섞여서 신기한 맛이 나요."

"맛은?"

"없지는 않아요."

그 말에 시노부는 마음을 놓았다. 물론 나도 마찬가지다.

"그럼 남은 건 내가 가져갈게."

"아니에요."

"무리하지 않아도……."

"무리하는 게 아니에요."

그렇게 말하더니 피나는 남은 낫토를 밥 위에 올려 먹기 시작했다.

"나도 먹어볼래."

그것을 본 슈리는 내가 있는 곳에 놓여 있던 낫토가 담긴 그릇을 자기 자신의 자리로 가져온다. 그리고 낫토를 휘저어 밥 위에 뿌린다. 피나와 마찬가지로 눈을 감고 입안에 넣고 먹는다.

"끈적끈적해. 그리고 냄새나."

뭐, 그건 어쩔 수 없지. 나는 먹어본 적은 없지만 쿠사야[#2]도 냄새는 나지만 맛있다고 한다. 그것과 비슷하다. 혹시 화의 나라에

#2 쿠사야 일본 음식 중 하나로 생선을 건조 및 발효하여 만든 음식.

도 쿠사야가 있을까?

물론 나서서 먹어볼 마음은 없지만.

결국 낫토는 모두가 각자 자신의 몫을 먹은 덕분에 무사히 그릇을 비울 수 있었다.

"생선도 맛있었어요."

"그렇게 말씀해 주시니 다행이네요."

어딘가에 낫토도 팔고 있을까?

다음에 내가 먹을 용으로 사둘까? 낫토는 가끔 먹고 싶어지니까.

529 곰 씨, 피나 일행과 마을을 산책하다

아침 식사를 마친 우리는 마을을 가볍게 산책했다.

"시노부는 여자애들한테 인기가 많구나."

"그 얘기는 이제 됐어요. 그러는 유나는 남자 없어요?"

"있을 것 같아?"

나는 내 모습을 시노부에게 보여주었다.

시노부는 내 모습을 보자 금세 납득한다.

"죄송합니다. 하지만 유나는 평범하게 입고 다니면 인기가 많을 거예요. 다른 사람들도 그렇게 생각하죠?"

"네, 유나 언니는 예뻐서 남자들한테 인기가 많을 것 같아요."

"응, 유나 언니 귀여워."

"언니보다 예쁘니까 다가오는 남자도 훨씬 많을 것 같아."

원래도 아첨이라는 것은 알았지만 마지막 루이밍의 말로 아첨이라는 것이 확실시되었다. 그 용모 단정하고 몸매까지 좋은 사냐 씨보다 더 예쁘다는 건 말도 안 된다.

안 그래도 엘프 종족은 다 미남미녀니까.

"셋 다 아첨은 그 정도만 해. 너희 다 나보다 훨씬 귀여우니까 곧 미인이 될 거야."

확실히 나보다는 더 인기가 많을 것이다.

나는 이야기를 중단하고 마을을 산책했다.

희귀한 것을 발견할 때마다 슈리가 뛰쳐나가려고 했고, 피나가 그것을 말리는 광경이 몇 번이고 이어졌다. 이제는 아예 피나가 슈리의 손을 잡고 멋대로 달려가지 못하게 제지한다. 손을 잡고 있는 모습을 보니 미소가 절로 나왔다.

"유나 언니, 저건 뭐야?"

슈리의 시선 끝에는 경단 그림이 그려진 깃발이 걸려 있었다.

"경단 가게네."

슈리가 먹고 싶은 기색을 내보여 경단을 먹기로 했다. 조식을 먹은 지 얼마 안 되긴 했지만, 각자 하나씩 정도라면 괜찮겠지. 대금을 내려고 했더니 시노부가 대신 내 주었다. 이번에는 그녀의 호의를 받기로 했다.

"말랑거려."

"색감이 예쁘다."

분홍색, 흰색, 녹색으로 된 삼색 경단.

"다 맛이 달라."

정확한 기억은 아니지만 분홍색은 매실, 흰색은 기본, 초록색은 쑥이었던가?

틀렸다거나 이쪽 세계에서는 다른 거라면 민망할지도 모르니 그와 관련한 설명은 생략했다. 맛만 있으면 문제없다.

경단 가게를 떠난 우리는 덥다는 슈리의 말에 빙수를 먹게 되었다.

“차갑고 맛있어.”

“얼음을 깎아서 먹는 거군요.”

혹시 루이밍은 빙수가 처음인가?

빙수는 크리모니아에도 판다. 거기엔 꿀을 뿌린다고 들었다.

이쪽에서는 녹차와 달콤한 꿀(시럽인가?)이다.

“셋 다 맛있어?”

“응.”

“네.”

“하지만 시노부 씨. 정말 괜찮아요?”

이번 빙수의 대금도 시노부가 내주었다.

시노부는 선언대로 모든 돈을 대신 내주었다.

“신경 쓰지 마세요. 루이밍한테도 도움을 받았으니 그 보답이라고 생각해 주세요.”

“난 아무것도 안 했는데…….”

시노부의 대답에 빙수를 먹던 슈리의 손이 멈춘다. 시노부는 슬픈 표정을 짓는 슈리의 모습에 당황했다.

“슈, 슈리는 피나의 여동생이에요. 그리고 유나의 소중한 친구죠. 그러니까 신경 쓰지 말고 드세요.”

“맞아. 슈리는 신경 쓰지 말고 얼마든지 먹어도 돼. 시노부는 착하니까 뭐든 다 사줄 거야.”

내가 시노부에게 눈짓했다.

"마, 맞아요. 원하는 만큼 다 드세요."

"정말?"

"응, 정말이야. 만약 시노부가 내지 않더라도 내가 내줄게. 슈리에게는 늘 신세를 지고 있으니까."

나는 곰 장갑으로 슈리의 머리를 쓰다듬었다.

"응, 유나 언니 고마워."

슈리가 다시 빙수를 먹기 시작한다.

"유나, 좋은 장면만 가로채다니 치사해요."

그것은 시노부가 피나와 루이밍에게만 감사를 전해 슈리를 따돌린 벌이다. 말은 좀 더 신중하게 해야 하는 법이다.

빙수를 다 먹은 뒤에도 다른 가게를 돌아다녔다.

"예쁜 옷이었어요."

피나는 기모노를 본 소감을 털어놓았다.

기모노 차림을 한 피나 일행 모습도 보고 싶었는데. 내가 사주겠다고 했는데도 가격이 너무 비싼 것을 보고 피나가 고개를 저었다. 그래서 결국 슈리한테도 사주지도 못했고 루이밍한테도 사주지 못했다.

내가 엘레로라 씨는 아니지만, 피나를 보면 이런저런 옷을 입혀 보고 싶다는 충동이 들었다.

마을의 풍경을 눈에 담으며 걷다 보니 어디선가 딸랑~, 딸랑~

하는 소리가 들려왔다. 피나도 들린 것인지 입을 연다.

"예쁜 소리가 들려와요."

"어디?"

"저쪽에서 들려요."

루이밍이 가리킨 끝에는 풍경(風磬)을 매단 포장마차가 있었다.

시선 끝으로 보이는 포장마차에는 풍경이 잔뜩 달려 있었다. 그래서 바람이 불 때마다 그곳에서 나는 풍경 소리가 우리에게 들려온 것이다.

"풍경이군요."

"풍경이네."

나와 시노부의 말이 겹쳤다.

"풍경?"

나와 시노부의 말에 루이밍이 고개를 갸우뚱했다.

"유리로 만든 건데, 바람으로 예쁜 소리를 내는 물건이야."

"유나는 어떻게 그렇게 잘 알아요? 낫토도 알고, 태연하게 잘 먹고, 혹시 이 나라 출신인 거 아니에요?"

"아니. 이 나라와 닮은 나라야. 아주 먼 곳에 이 나라와 비슷한 나라가 있거든."

"이 화의 나라와 비슷한 나라라고요? 그런 나라가 있나요?"

"응, 뭐 그렇지."

나는 애매하게 고개를 끄덕였다.

역시 이곳과는 다른 세계라는 말까진 할 수 없었다.

그래서 화제를 돌리듯 「보러 가자」라며 피나 일행을 데리고 풍경이 가득한 포장마차로 향했다.

“어서 와, 귀여운 아가씨들. 어때, 아름다운 소리지?”

풍경을 파는 아저씨가 말을 걸어왔다.

아저씨 말대로 풍경에서는 예쁜 음색이 들려왔다.

“언니.”

슈리가 갖고 싶다는 얼굴을 했다. 하지만 피나는 곤란해하는 표정이다. 이런 부분은 나와 달리 착실하다.

“귀여운 차림을 한 곰 아가씨, 여동생한테 어때?”

내 차림에 개의치 않고 물건을 팔아온다. 역시 장사꾼.

나는 풍경을 구경했다. 유리로 되어 있고 그 위에 여러 가지 그림이 그려져 있다. 전부 다 예쁘다.

피나, 슈리, 루이밍 세 사람은 눈을 반짝이며 풍경을 바라보았다.

“슈리, 어떤 걸 원해?”

“괜찮아?!”

슈리가 환한 얼굴로 돌아보았다. 이 미소 앞에서는 아무도 이길 수 없다. 그런 슈리 옆에 있던 피나가 나를 바라보았다.

“유나 언니. 슈리의 응석을 너무 다 받아주면…….”

받아준다는 자각은 있지만 피나도 슈리도 착하다 보니 다 사주고 싶었다.

“딱히 슈리를 위한 게 아니야. 티루미나 씨 선물이야. 티루미나 씨에게는 늘 신세를 지고 있으니까 이건 내가 드리는 보답.”

이렇게 말하니 피나도 더 거절하지 못했다.

“그러니까 둘이서 골라봐.”

피나는 잠시 고민하는가 싶더니 「알겠습니다」라며 기쁜 얼굴로 슈리와 함께 풍경을 고르기 시작했다.

“루이밍도 무무르트 씨의 집과 본인 집에 장식할 풍경을 골라봐.”

“저까지 사도 괜찮아요?”

“무무르트 씨와 루이밍 씨에게도 신세를 졌으니까.”

이러니저러니 해도 어쨌든 휘말릴 구실을 만든 것은 나였다. 무무르트 씨에게는 감사를 받긴 했지만 루이밍을 위험에 처하게 만들었다는 사실은 변하지 않는다. 뭐, 그런 말을 해도 무무르트 씨는 답례를 받지 않을 것 같지만. 그래도 풍경 정도는 기념품으로 줘도 문제없겠지.

“그럼 제가 낼게요. 피나는 다쳤을 때 신세를 졌고, 무무르트 씨는 제 보답을 받아주지 않았으니까요.”

“할아버지께서 사쿠라를 만나러 가는 것은 괜찮지만, 사례는 받으면 안 된다고 하셨어요.”

말을 듣던 루이밍이 손을 크게 내저으며 시노부의 제의를 거절했다.

“시노부에게는 식사를 대접받았잖아. 이번에는 기념품으로 사는 거니까 내가 낼게. 루이밍도 내가 주는 거면 괜찮지?"

"괜찮을까요?"

"누가 물어보면 강제로 받은 거라고 하면 되니까."

내가 그렇게 말하자 루이밍도 갖고 싶었던지, 「감사합니다」 하며 풍경을 고르기 시작했다.

"슈리, 이게 더 낫지 않아?"

"난 이쪽이 좋아~."

"그것도 좋긴 한데."

"난 이걸로 할까."

"곰 님이 있었으면 곰 님으로 했을 텐데."

슈리가 그런 말을 했다.

아니, 있을 리가 없다. 풍경에 그려진 것들은 예쁜 무늬, 하늘색과 녹색 같은 시원한 색감이 대부분이다. 동물도 있지만 아쉽게도 곰이 그려진 풍경은 없었다.

"유나는 치사해요."

즐겁게 풍경을 고르는 피나 일행을 보며 시노부가 그런 말을 꺼냈다.

"제가 다 사주고 싶었는데. 게다가 국왕님도 사쿠라 님도 부탁하셨다고요."

"어쩔 수 없잖아. 다들 시노부의 보답이라고 하면 안 받으려고 하니까."

"그렇긴 하지만요."

시노부의 마음도 모르는 것은 아니다. 피나는 다친 자신을 돌봐주었고, 루이밍은 위험을 무릅쓰고 이무기 토벌을 도와주었다.

하지만 보답이 될 만한 일은 무엇도 하지 못했다.

내가 뻔뻔하게 온천 딸린 저택을 받았을 정도다.

그러니까 다른 사람들 기념품도 사가기로 했다.

"피나, 고아원이나 가게에 장식할 것도 골라봐."

고아원 등에 줄 기념품은 피나에게 부탁한 뒤 나는 노아와 플로라 님에게 사갈 기념품을 선택하기로 했다. 집을 지키고 있는 카가리 씨 것도 하나 사 가는 편이 좋을까. 나는 풍경을 둘러보았다. 정말 다양한 색깔의 풍경이 있었다. 어떤 걸로 할지 고민되네.

어떤 게 좋을까?

나는 피나 일행과 함께 풍경을 골랐다.

"이거면 되려나?"

플로라 공주에게는 투명 유리에 빨간색 꽃이 그려진 풍경을, 노아에게는 파란 물고기가 그려진 풍경을 고른 뒤 나도 내 것으로 하나를 골랐다.

카가리 씨에게 줄 선물은 여우 그림이 그려진 풍경이었다. 딱 보자마자 이것밖에 없다는 생각이 들었다.

곰은 없는데 여우는 있구나.

그리고 피나 일행도 풍경을 다 골랐다.

루이밍이 고른 풍경은 초록색을 사용한 풍경이었다. 아름답게 파도치는 듯한 문양이다. 엘프 마을과 잘 어울릴 것 같았다. 아무래도 두 개 다 비슷한 것을 고른 것 같았다.

피나와 슈리가 티루미나 씨에게 줄 기념품으로 고른 것은 전체가 연청 유리로 만든 풍경이었다. 거기에 문양이 그려져 있다.

「곰 씨 쉼터」에 줄 풍경에는 파란 새의 그림이 그려져 있었다. 고르고 있을 때 나눈 대화로 추측해 보자면 꼬끼오에서 착안한 모양이다.

안즈네 가게인「곰 씨 식당」에 줄 풍경에는 금붕어 그림이 그려져 있었다. 생선과 관련하여 고른 것일까. 그보다 금붕어도 있구나.

고아원에 줄 것으로는 꽃이 그려진 풍경을 몇 개 골랐다. 고아원은 넓으니까 여자애들 쪽이랑 남자애들 쪽 각각 다 있는 편이 좋겠지.

모든 풍경을 다 골랐다.

"고마워, 아가씨. 그래서 풍경은 상자에 넣어줄까? 참고로 상자 값은 별도 요금이야."

그것을 인색하다고 느끼는 것은 내가 이 세계의 거주자가 아니기 때문일까? 그동안 박스 포장은 당연한 것이었으니까. 나의 대답은 정해져 있었다.

"전부 상자에 넣어주세요."

상자에 넣어두면 부서지지 않고 치울 때도 편리하다. 선물할 때도 상자가 있는 편이 좋다.

아저씨는 하나씩 정성스럽게 작은 나무상자에 넣어주셨다.

"자, 여기 돈이요."

"고마워. 귀여운 곰 아가씨."

아저씨는 돈을 받고 환한 미소를 지었다.

풍경은 곰 박스에 넣어두었다.

530 곰 씨, 기모노를 입다

풍경을 사고, 길거리 공연을 구경하고, 다시 사쿠라와 헤어졌던 저택 앞으로 돌아왔다. 저택 입구에 문지기가 서 있다.

"수고가 많으세요."

"시노부 님, 수고 많으십니다. 어서 들어오세요."

아까 한번 만나기도 했고 바로 통과시켜 달라는 사쿠라의 말도 있었기에 국왕님이 주신 문지기는 우리가 카드를 보여주기도 전에 안으로 들여보내주었다.

우리는 가볍게 고개를 숙이고 문을 통과해 안으로 들어갔다.

"음, 원래대로라면 사쿠라를 만나기 위해서는 유나 씨가 준 카드를 보여줘야 하는 거죠?"

루이밍이 물어보았다.

"만약에 혼자 올 일이 있다면 보여주면 돼요. 문지기가 또 바뀌면 루이밍 얼굴을 모를 테니까요."

오늘은 카드를 안 보여줘도 지나갈 수 있었지만, 내일은 못 지나갈 수도 있는 것이다.

우리는 그대로 건물 안으로 들어가 사쿠라가 있는 방으로 향했다.

"사쿠라 님, 돌아왔어요."

"들어오세요."

방에 들어서니 사쿠라는 벽가에 자리한 방석에 앉아 글을 쓰고 있었다. 그러다가 뒤를 돌아본다.

"혹시 일이야?"

"아니요, 일이 아니니 괜찮답니다. 다들 산책은 즐겁게 다녀오셨나요?"

"응, 본 적 없는 것들이 많아서 재밌었어."

루이밍이 활짝 웃으며 대답했다.

"어떤 장소에 다녀오셨어요?"

우리는 보고 먹은 것을 이야기했다.

"냄새가 엄청나더라."

"후후, 낫토요? 하긴 독특한 냄새가 나긴 하지요. 처음 먹는 사람에겐 괴로울지도 모르겠어요."

"사쿠라도 먹어?"

"네, 먹어요."

뭐, 낫토가 당연한 식문화에서 자라왔다면 평범하게 먹겠지.

그리고 루이밍과 슈리는 마을에서 구경한 것들에 대해 즐겁게 떠들었다. 피나는 내 옆에서 흐뭇한 얼굴로 보고 있었다.

"그리고 예쁜 소리가 나는 걸 유나 씨가 사줬어."

"예쁜 소리요?"

루이밍이 하는 말의 의미를 모르겠는지 사쿠라가 고개를 작게 갸우뚱했다.

“풍경이야. 우리가 있는 나라에서는 풍경을 팔지 않거든.”

내 말에 사쿠라가 이해했다.

“아, 사쿠라에게 줄 풍경을 안 사왔다!”

루이밍이 이제야 떠올랐다는 듯 표정이 어두워진다.

“후후, 신경 쓰지 마세요. 풍경은 이미 갖고 있거든요. 이야기를 들으니 풍경 소리가 듣고 싶어지네요. 나중에 걸어둘게요.”

그 후에도 빙수를 먹었다거나 무엇을 보았다거나 하는 이야기는 계속되었다. 그런 이야기를 사쿠라는 흐뭇한 얼굴로 들어주었다.

정말 어른스러운 여자아이다. 피나와 다른 타입의, 정신이 어른스러운 아이였다.

“여러분, 정말 많은 곳에 다녀오셨군요. 다음에는 저도 여러분이 계신 곳에 가보고 싶네요.”

“그때는 초대할게.”

“기대하고 있겠습니다.”

다음에는 사쿠라를 크리모니아나 엘프 마을에 데려다 주고 싶었다.

엘프 마을에는 딱 한 번 가봤다고 하는데 그때는 이무기가 부활해서 위험할 때였다고 한다. 말에 의하면 무무르트 씨를 도와주러 간 것뿐이라고.

“그리고 옷 같은 것도 구경했어. 이 나라 옷은 예쁘긴 한데 움직이기 힘들 것 같아."

루이밍이 떠올랐다는 듯이 말했다.

그 말대로 기모노는 발 언저리까지 내려와 있어 돌아다니기가 불편하다. 소매 끝부분도 벌어져 있어 팔을 휘두르는 것도 불편하다. 그리고 띠가 너무 조인다는 이미지도 있다. 배가 나오면 입기 힘들 것 같다.

그 반대로 엘프의 복장은 편안함에 중점을 둔 것인지 가벼운 옷차림이었다.

그런 기모노보다 더 움직이기 어려운 차림을 한 나에게 그런 말을 듣고 싶진 않겠지.

"그래도 좀 입어보고 싶긴 했지."

"내가 사준다고 했는데 피나한테 거절당했어."

나는 피나에게 시선을 보냈다.

"하지만 그렇게 비싼 옷을 사달라고 할 수는 없어요. 게다가 사주셔도 입을 일은 없을 테니까 돈이 아깝고요."

뭐, 그 심정은 이해한다. 나도 피나도 미사의 생일 파티 때 노아가 줬던 드레스는 한 번도 입지 않았다. 기모노를 사준다고 해도 입을 아마 기회는 없을 것이다. 낭비라고 생각해도 어쩔 수 없는 일이다.

"피나는 아니지만, 저렇게 가격이 비싼 것은 받을 수 없어요."

"난 옷보다 음식이 더 좋아."

루이밍과 슈리다운 말이었다.

“하지만 피나 일행의 기모노 차림은 보고 싶었는데.”

그것은 나의 본심이었다.

“그렇다면 제 옷을 입어보시겠어요?”

사쿠라가 피나 일행을 바라보았다.

“제 옷이라면 피나는 입을 수 있을 것 같아요. 어릴 때 입은 옷이 있으니 슈리도 입을 수 있을 거고요. 루이밍 씨는 저보다 좀 크긴 하지만, 그래도 입으실 수는 있겠어요.”

사쿠라는 확인하듯 고개를 끄덕인다.

“게다가 옷은 제 것만 있는 것이 아니니 여러분이 입으실 수 있는 옷을 준비해드릴 수 있답니다.”

혹시 기모노를 입혀주려는 건가?

3명이 입는 건 찬성이지만 난 사양하고 싶다.

“후후, 유나 님 옷도 준비해 드릴 테니 괜찮아요.”

얼굴에 드러난 것인지 사쿠라가 미소를 지으며 말했다.

“나는 별로…….”

“시노부, 다른 분들의 기모노를 준비해 주시겠어요?”

“알겠습니다.”

시노부는 일어서서 마치 닌자처럼 재빠르게 방에서 나갔다.

사쿠라도 그 뒤를 천천히 걸어나갔다.

혹시 나도 입어야 하나?

잠시 후 방에 많은 옷감이 가득 실려 왔다.

사람들이 번갈아 가면서 운반해오자 슈리와 아이들이 놀라는 모습이다.

“그럼 안을 확인해 볼까요?”

사쿠라는 자신의 몸만 한 옷 상자의 뚜껑을 열었다.

“어떤 게 어울릴까요?”

사쿠라가 즐거워 보이는 얼굴로 그 안을 확인했다.

“여러분도 좋아하는 색이 있다면 알려주세요.”

즐거워하는 사쿠라에게서 벗어나지 못하고, 결국 다들 사쿠라의 뜻대로 꾸며지는 인형 신세가 되어야 했다.

그런 나는— 도망치려고 했지만 도망칠 수 없었다. 애초에 도망갈 장소도 없고, 피나나 다른 애들을 두고 갈 수도 없으니까. 그래서 나도 모두와 함께 기모노를 입게 되었다. 뭐, 드레스를 입는 파티와는 달리 남들 앞에 나서는 것도 아니니 그때만큼 거부반응이 들지는 않았다. 기모노를 입고 길거리를 걷는다고 했다면 거부했겠지만.

“유나 님은 이쪽이 어울리실 것 같아요.”

사쿠라가 보여준 것은 검은 바탕에 선명한 흰색과 붉은 꽃무늬가 들어간 기모노였다.

“나는 나중에 입어도 돼.”

“유나 언니가 입으면 저도 입을게요.”

“유나 언니가 입은 모습 보고 싶어.”

“저도 유나 씨가 옷을 갈아입으면 갈아입을게요.”

“보세요, 다들 이렇게 말씀하시잖아요. 곰 옷을 벗어주세요.”

모두의 시선이 나에게 쏠렸다.

아무래도 첫 번째 제물은 내가 된 모양이다.

피나 일행의 기모노 차림을 보기 위한 선행투자라고 생각하고 포기했다. 게다가 내가 거절하면 피나 일행도 거절할지도 모른다.

나는 포기하고 만일의 경우를 대비해 곰돌이와 곰순이를 소환해 둔 후 곰 옷을 벗었다.

그리고 나는 사쿠라가 시키는 대로 옷을 입었다. 이어서 긴 머리가 올라가고 그 위에 비녀가 달렸다.

“유나 님, 예뻐요.”

“유나 언니, 정말 잘 어울려요.”

“그 머리도 예쁘다.”

“곰돌아, 곰순아. 유나 언니 예쁘지?”

““크~응.””

곰돌이와 곰순이까지.

“강하고 귀엽고 미인이고 성격까지 좋다니, 유나는 언젠가 여자들을 적으로 돌릴 날이 올 거예요.”

“딱히 성격도 안 좋고 미인도 아니고 귀엽지도 않은데.”

인기 있었던 적은 한 번도 없었고 성격은 제멋대로에, 강한 건 곰 장비 덕분이다. 모든 것이 들어맞지 않았다.

"그건 거울을 보고 나서 말하세요."

팔을 잡고 끌려가 전신 거울 앞에 섰다. 거울에 비친 자신의 모습을 바라보았다.

어울리고 안 어울리고의 문제가 아니라, 뭔가 민망했다.

곰 인형 옷과 다른 의미로 부끄러움이 드는 것은 왜일까.

애초에 부끄럽지 않은 옷이란 뭘까?

드레스 입은 모습도 부끄러웠고 이쪽 세계 옷을 입어도 민망할 것 같았다.

그리고 나뿐만 아니라 사쿠라와 시노부의 손에 의해 전원이 기모노로 갈아입었다.

피나와 슈리는 자매라는 이유로 똑같은 빨간색 기모노를 입었다. 루이밍은 머리색으로 맞춘 것인지 연두색 무늬가 들어간 기모노였다. 시노부도 닌자복에서 남색 기모노로 갈아입었는데 나 이상으로 부끄러워하는 모습이다.

사쿠라도 무녀 같은 옷에서 벚꽃 문양이 들어간 기모노로 갈아입었다.

"여러분, 다들 예쁘세요."

응, 사쿠라를 포함해서 모두 다 예쁘다. 사진이 있으면 찍고 싶을 정도로. 하지만 카메라도 디지털 카메라도 스마트폰도 없다.

이럴 때 곰 사진 스킬 같은 것의 필요성이 느껴졌다. 본 것을 종이에 베낄 수 있다거나, 그런 스킬이 있었다면 지금의 피나와 다른 아이들의 모습을 사진으로 남길 수 있었을 텐데. 그래야 티루미나 씨에게도 귀여운 딸들의 모습을 보여줄 수 있지 않겠는가. 신도 참 눈치가 없다.

하지만 사진이 없다면 그림을 그리면 된다.

"피나, 슈리. 이리 와서 그 방석 위에 앉아봐."

나는 눈앞에 있는 방석으로 시선을 돌렸다.

"으음, 네."

"응."

기모노를 입은 피나와 슈리는 순순히 방석 위에 앉았다. 나는 곰 박스에서 종이와 그림 도구를 꺼냈다.

"잠깐 움직이지 마."

"혹시 저희를 그림을 그리시려는 건가요?!"

"그림 그려줄 거야?"

"그래, 그러니까 움직이지 마."

"부끄러우니까 하지 마세요!"

움직이지 말라고 했는데 피나가 내가 들고 있는 종이에 손을 뻗어왔다.

"티루미나 씨에게 보여줄 거니까 움직이지 말고 있어."

나는 피나를 밀어 방석에 앉혔다.

“슈리, 피나가 도망가지 않게 손을 잡고 있어.”

“응, 언니 움직이면 안 돼.”

슈리가 피나의 손을 잡았다. 피나도 슈리의 손까지 뿌리치지는 않았다.

나는 피나가 움직이지 않는 동안 그림을 그리기 시작했다.

“으~ 부끄러워요.”

피나는 볼을 붉게 물들인 채 고개를 숙여 버렸다.

“피나, 움직이지 말고 고개 들어.”

피나는 부끄러워하면서도 고개를 들었다.

역시 피사체가 좋으니 그리는 것도 즐겁다. 참으로 보기 좋은 자매다.

하지만 기모노를 그리는 것이 어려웠다. 뭐, 펜 자체가 검정색이라 색을 안 칠해도 되는 것은 편하지만.

그렇게 그림을 그리고 있는 내 뒤로 사쿠라와 루이밍, 시노부가 다가왔다.

“유나 님, 잘 그리시네요.”

“유나는 그림도 잘 그리는군요.”

“우와, 정말 잘 그리네요.”

세 사람에게 칭찬을 받았다.

“그렇게 잘 그리지는 못해.”

취미로 조금 즐기는 정도다.

"그렇지 않아요. 무척 잘 그리세요."

"응, 전 그림 같은 건 못 그려요."

"전 초상화 그릴 일이 종종 있어서 조금은 그릴 수 있어요."

혹시 그 지명수배서 같은 느낌의 쥬베이 씨 그림은 시노부가 그린 것이었을까?

"유나 님, 다음에 저희도 그려주시면 안될까요?"

"저도 부탁드려요!"

"응, 좋아."

나는 수줍은 얼굴로 앉아 있는 피나의 그림을 다 그린 뒤 사쿠라와 루이밍을 그려주었다. 그것이 끝난 뒤에는 곰순이와 함께 사쿠라와 슈리를, 그리고 곰돌이와 피나와 루이밍도, 그리고 시노부와 사쿠라도 함께 그려주었다.

그리고 마지막에는 피나, 슈리, 루이밍, 사쿠라, 시노부, 곰돌이, 곰순이를 함께 그렸다.

오랜만에 그린 인물화는 덕분에 무척 즐겁게 그릴 수 있었다.

531 스즈란, 카가리 님을 만나러 가다

저는 카가리 님을 모시고 있는 스즈란입니다.

원래는 무녀로서 일하고 있었습니다.

카가리 님은 금색의 긴 머리를 갖고 계신, 무척이나 아름답고 고운 여성입니다. 제가 아주 어렸을 때부터 그 아름다움은 변하지 않았습니다. 수백 년이나 살아왔다는 말을 들었을 때엔 믿기 힘들었지만, 늙지 않는 카가리 님의 모습을 보면 이해가 갑니다.

리네스 섬에는 이무기가 봉인되어 있다는 전설이 남아 있습니다. 이무기는 나라에 재앙을 가져와 많은 사람들이 죽었습니다. 그 이무기를 봉인한 뒤 그 봉인을 지금까지 지켜온 것이 여우라고 합니다.

저는 동화처럼 그 이야기를 듣고 자랐습니다. 저는 여우가 신이라고 생각했습니다.

하지만 섬에는 정말 여우님이 계셨고, 오랫동안 이무기의 봉인을 지켜왔습니다. 그것이 바로 카가리 님입니다.

처음 들었을 때는 놀랐지만, 카가리 님의 여우 귀와 꼬리를 보았을 때 믿을 수 있었습니다.

오늘은 카가리 님의 시중을 위해 리네스 섬으로 향합니다.

저 한 명을 위해 배가 움직입니다.

배에서 내리는 것도 저 혼자뿐입니다.

선착장에 홀로 내린 저는 카가리 님이 계신 집으로 향했습니다.

숲속에 있는 외길. 몇 번이나 걸었던 길입니다.

카가리 님께서는 늘 제가 오면 기뻐해 주시는데, 오늘 카가리 님은 상태가 좀 이상합니다. 이야기를 해도 대답이 건성이십니다.

카가리 님께 몇 번인가 말을 걸었더니 당분간은 섬에 오지 않아도 된다는 말을 들었습니다. 저는 그 말에 놀랐습니다. 왜 그러시냐 여쭈어보았지요. 제게 불만이 있다면 말해 주셨으면 좋겠다, 문제가 있었다면 고치겠다 했습니다.

하지만 카가리 님의 말씀은 전혀 예상하지 못한 것이었습니다.

이무기의 봉인이 풀릴지도 모르니 위험하다는 말을 들은 것입니다.

술을 마시면서 하신 말씀이라 농담을 하시나 했는데, 그 얼굴은 거짓말을 할 때나 평소처럼 장난을 할 때와 같은 표정이 아니었습니다.

그 말씀은 사실이었습니다.

섬에서 돌아와서 얼마 후 국왕님께 섬에 가지 말라는 말씀을 전달받았습니다.

정말 이무기가 부활하는 걸까요?

카가리 님이 걱정되지만 섬에 갈 수 있는 허가는 떨어지지 않고 무심하게 시간만 흘러갔습니다.

그러던 어느 날, 일을 하고 있는데 마을 밖에 수많은 마물이 나타났습니다. 일반인들이 마을 밖으로 나가는 것이 금지되고 병사들이 마을 밖으로 나갔습니다.

다들 불안함에 떨었습니다.

이런 일은 처음이었거든요.

하지만 분명 괜찮을 겁니다.

병사가 나간 지 얼마 지나지 않았을 때, 우연히 병사가 이야기하는 소리가 들려왔습니다. 그 대화 중에 「이무기가 부활했다」라는 말이 들렸습니다.

귀를 더 기울여보려 했으나, 함구령이 내려진 것인지 병사들은 상관의 주의를 받고 곧 입을 다물었습니다.

이무기가 부활했다. 제 머릿속에 그 말만이 계속 반복되었습니다.

카가리 님은……!

불안에 짓눌릴 것만 같았습니다.

외출이 금지되어 있었지만 저는 섬에 갈 때 신세를 진 사람들에게 연락해 항구로 향했습니다.

항구는 혼란스러웠습니다.

마을에서 나가려는 마차와 사람들로 가득했습니다.

여기까지 왔는데, 여기서 섬으로 건너갈 방법이 없었습니다.

그렇게 카가리 님 걱정을 하고 있는데, 이무기가 토벌되었고 국왕 폐하께서 리네스 섬으로 향하셨다는 말이 들려왔습니다.

정말 이무기가 토벌된 걸까요?

카가리 님은…….

부디 무사하시길.

바다를 보고 있는데 국왕 폐하를 태운 배가 돌아왔습니다.

리네스 섬의 상황을 알기 위해 배 근처로 사람들이 모여들었습니다.

저도 사람들 틈 사이에 끼어 배에 가까이 갔습니다.

배에서 국왕 폐하가 내려왔습니다. 그 품 안에는 사쿠라 님이 계셨습니다.

왜, 사쿠라 님이?

제가 한 발짝 내딛자 국왕 폐하가 저를 알아차리셨습니다.

"스즈란이군."

"국왕님, 이무기가 부활했다는 것이 사실인가요?"

"진짜다. 하지만 이무기는 토벌되었다."

그 국왕 폐하의 말씀에 환호성이 터져 나왔습니다.

"사쿠라 님은요?"

"카가리를 만나러 리네스 섬에 갔었다."

미처 몰랐습니다.

"그럼, 사쿠라 님은 무사하신가요?"

"피곤해서 잠들었을 뿐이다. 사쿠라를 부탁하마."

"아, 네."

국왕님은 저에게 사쿠라 님을 맡기시고는 다시 걸어가셨습니다.

"저, 카가리 님은요?"

저는 황급히 다가가 그렇게 물었습니다.

"걱정하지 마라. 카가리는 무사하다. 지금은 섬에 남아 있다."

다행이다…….

"다만……."

국왕님은 거기서 입을 다무셨습니다.

"무슨 일이 있었나요?"

제가 묻자 국왕님은 난처한 표정을 지으셨습니다.

"자세한 것은 말할 수 없다. 카가리를 만나면 본인에게 물어보도록 해라."

국왕님은 그것만 말씀하시고는 떠나가셨습니다.

어쩌면 다친 건지도 모릅니다.

하지만 지금은 무사하다는 사실을 알려주신 것만으로도 충분합니다.

저는 떠나가는 국왕님께 고개를 숙이고 마차를 준비해 사쿠라 님을 저택까지 모셔다 드렸습니다.

사쿠라 님은 뭔가 알고 계실까요?

다음 날 사쿠라 님이 눈을 떴습니다.

저는 카가리 님의 사정을 아실지도 모른다는 생각에 사쿠라 님께 여쭤보았습니다.

"사쿠라 님, 카가리 님에 대해 뭔가 아시는 것이 있으신가요?"

"그건…… 제 입으로 카가리 님의 상태는 말씀드릴 수 없어요. 직접 보시면 아시겠지만 조금만 더 기다려주시겠어요?"

사쿠라 님은 뭔가를 알고 계신 모양입니다. 하지만 사쿠라 님의 입으로는 말씀할 수 없는 것 같습니다.

"하지만 무사하시니 안심하세요."

사쿠라 님은 안심하라며 그렇게 말씀해 주셨습니다.

그리고 사쿠라 님은 리네스 섬에 계셨던 동안 있었던 일이나 잠든 동안 일어났던 일에 대해 물어보셨습니다.

사쿠라 님은 고개를 끄덕이며 제 말을 조용히 들어주셨습니다.

그 후에도 저는 여러 차례 리네스 섬으로 향하는 배에 상선을 신청했지만 허가는 떨어지지 않았습니다.

누구나 다 리네스 섬에 들어갈 수 있게 되었기 때문이라고 합니다. 지금까지는 리네스 섬에는 여성밖에 들어갈 수 없었는데, 이 무기의 부활로 인해 봉인이 깨져 누구나 리네스 섬에 들어갈 수 있게 된 것입니다. 하지만 섬에는 마물이 있을지도 모르니 자신의 몸을 지킬 수 없는 자를 데려갈 수 없다는 것도 이유 중 하나였습니다.

빨리 카가리 님을 만나고 싶습니다.

카가리 님, 무사하시죠?

카가리 님의 상황을 알지 못한 채 며칠이 지났고, 카가리 님 문제로 국왕님의 부름을 받았습니다.

드디어 만날 수 있을지도 모른다는 생각에 발걸음을 서둘렀습니다.

심호흡을 한 뒤 마음을 진정시켰습니다.

"스즈란입니다."

국왕님의 허락을 받고 방안으로 들어갔습니다. 방안에는 국왕님밖에 안 계십니다. 일부러 사람을 물리신 걸까요?

"왔는가."

"네, 저기, 카가리 님은……."

저는 손을 꼭 잡고 소리치고 싶은 마음을 억누르며 물었습니다.

"카가리 님은 정말 무사하신 건가요?"

이무기와 싸워서 크게 다치셨을 가능성도 있습니다.

제 질문에 국왕님은 조금 난처한 표정을 지어 보이셨습니다.

"……부상은 없다. 카가리의 상황은 내가 설명할 수 없으니 자세한 것은 카가리를 만나서 본인에게 물어보도록 해라."

국왕님은 말하기 껄끄럽다는 얼굴로 그렇게 말씀하십니다.

사쿠라 님께도 같은 말을 들었습니다.

그 정도로 말하기 힘든 일인 걸까요?

다친 것이 아니라면 말하기 어려운 일은 없을 것 같은데. 달리 말할 수 없을 만한 상황이 대체 무엇인지 떠오르지 않습니다.

"알겠습니다. 그렇다면 리네스 섬의 상륙 허가를 받을 수 있을까요?"

"지금 카가리는 섬에 없다. 지금은 토와 호수 저택에 있지. 토와 호수에는 가본 적 있겠지?"

"네, 카가리 님의 시중을 들 때 같이 간 적이 있습니다."

호수 근처에 저택이 있고 온천도 딸려 있는 국왕님의 휴양지입니다. 그래서 카가리 님도 쓰신 적이 있습니다.

"카가리는 그곳에 있다."

"지금부터 다녀오겠습니다."

지금부터 가면 밤에는 도착할 수 있습니다.

"기다려라, 간다면 내일 가줬으면 좋겠군."

뛰쳐나가려는 저를 멈춰 세웠습니다.

"어째서입니까?"

"카가리의 부탁이다. 오늘은 여러 준비로 바쁘다고 하니 내일 가도록."

"알겠습니다. 전 무엇을 준비하면 좋을까요?"

"그쪽에는 아무것도 없다고 생각하면 된다."

카가리 님을 당장이라도 뵙고 싶었지만 국왕님 말씀대로라면 준비할 것이 많았습니다.

그렇게 생각하니 제대로 준비해서 가는 편이 좋을 것 같습니다.

저는 국왕님께 감사의 인사를 드리고 방을 떠났습니다.

카가리 님이 무사하다는 말을 들으니 기뻤습니다. 카가리 님께 가져갈 물건을 준비해야 합니다. 배가 고프실지도 모르니 음식과 그리고 술, 옷도 필요할지 모릅니다. 저는 필요한 것을 머릿속으로 떠올렸습니다.

빨리 카가리 님을 뵙고 싶습니다.

다음 날 이른 아침, 카가리 님을 위해 준비한 짐들을 마차에 싣고 출발했습니다. 마차를 몰던 도중 곰 같은 것에 올라탄 아이들과 스쳐 지나간 것 같은 느낌이 들었습니다만, 분명 기분 탓이겠지요.

한동안 이동하여 토와 호수의 저택에 도착했습니다.

이곳에 카가리 님이 계십니다.

문에 손을 가져갔습니다.

"열려 있네."

문을 열고 건물 안으로 들어가자 안은 조용했습니다.

"카가리 님, 계십니까?"

저는 현관에서 작은 소리로 물었습니다.

어디에 계신 걸까요?

1층은 조리실이나 창고 같은 곳뿐이라 이 층에는 안 계신 것 같습니다.

저는 2층으로 올라갔습니다. 2층에는 많은 방이 있었습니다. 여기 계실지도 모르겠습니다.

그렇게 생각한 순간 「배가 고프구나!」라는 목소리가 위에서 들려왔습니다.

카가리 님의 목소리입니다.

저는 계단을 뛰어올라갔습니다.

"이 몸도 따라갈 걸 그랬어. 스즈란은 대체 언제 오는 거냐?"

저 방에서 들려옵니다. 문이 열려 있어서 목소리가 새어나온 모양입니다.

"카가리 님, 늦어서 죄송합니다."

방 안으로 들어가니 그곳에는 카가리 님이…… 계시지 않았습니다. 있는 것은 금색 머리를 한 작은 여자아이였습니다.

"스즈란?"

어린 여자아이가 제 이름을 입에 담았습니다.

내 이름을 알고 있어?

전 작은 여자아이에게 다가갔습니다.

정말로 아름다운 아이입니다. 근데 어디선가 본 것 같습니다.

"스즈란, 기다리고 있었다. 빨리 뭐라도 좀 만들어 줘."

"나를 아니?"

"무슨 소릴 하는 거냐?"

여자아이가 의아함이 담긴 눈빛으로 저를 바라봅니다.

저는 찬찬히 여자아이를 바라보았습니다. 이 금색의 결 좋은 머리, 이 이목구비. 혹시, 어쩌면 그런 것일까요.

"혹시, 카가리 님의 따님이신가요?!"

"……!"

여자아이가 놀란 표정을 지었다.

"카가리 님께 이런 귀여운 따님이 계셨군요."

왜 알려주시지 않았을까요?

저는 여자아이를 들어 올렸습니다.

여자아이는 가볍게 들렸습니다. 무척 귀엽습니다.

"그래, 이름이 뭐니? 엄마는 어디 있어? 네 엄마를 만나러 왔는데."

제가 여자아이에게 그렇게 묻자, 여자아이는 팔을 들어 올리더니 제 머리를 탁 때렸습니다.

"무슨 소리냐. 이 몸이 카가리다. 네 눈은 옹이구멍인가!"

머리를 계속 두드립니다.

"……카가리 님?"

저는 팔 안에 있는 여자아이를 다시 바라보았습니다.

"그래, 카가리다. 이무기와의 싸움에서 마력을 너무 많이 써서 이런 모습이 돼 버린 거야."

믿을 수가 없습니다. 마력을 너무 많이 썼다고 해서 아이의 모습이 된다는 말은 들어 본 적이 없습니다.

"정말 카가리 님이세요?"

"그래, 너 아니면 모를 이야기라도 하면 믿어주겠느냐? 요리에 실패한 이야기를 할까, 숲에서 길을 잃어서 운 이야기를 할까."

"그 일을 알고 있는 건……."

"나뿐이지."

"그럼 정말 카가리 님이신 건가요?"

"아까부터 그렇다고 말했잖아."

내 눈에서 눈물이 흘러내렸다.

카가리 님이 눈앞에 있는 것을 확인하는 순간 눈물이 나고 만 것입니다.

"살아계셔서 정말 다행입니다."

"걱정을 끼쳤구나."

카가리 님이 제 머리에 손을 올려주셨습니다.

"카가리 님."

저는 작아진 카가리 님을 끌어안았습니다.

진짜 살아계셨어. 제가 카가리 님을 껴안고 있자 카가리 님의 배가 작게 꼬르륵, 하고 울렸습니다.

저와 카가리 님은 서로의 얼굴을 마주보고 미소를 지었습니다.

국왕님이나 사쿠라 님이 카가리 님의 상황을 설명하지 못한 이유를 이해했습니다.

이런 말씀을 하셔도 믿지 못했을 겁니다.

이 두 눈으로 봐도 믿을 수가 없으니까요.

"그럼 지금부터 드실 것을 만들겠습니다."

카가리 님이 가장 좋아하는 유부초밥을 만들어 드려야겠습니다.

하지만 그때까지 기다리실 수 있을까요?

저는 서둘러 밖에 있는 마차로 향했습니다.

532 곰 씨, 그림책을 보여주다

기모노는 움직이기 어렵고 더웠기에 기모노를 충분히 즐긴 뒤 우리는 원래의 옷으로 갈아입었다.

역시 곰 옷이 마음이 놓인다. 이 착용감과 감촉, 인형 옷이라고 생각되지 않는 온도 관리. 거기까지 생각하고 생각을 멈췄다.

……으음, 곰 인형 옷을 입고 마음이 안정된다는 건 이미 말기라는 건가?

인형 옷을 부끄럽다고 생각하던 무렵의 순수한 마음을 가진 나로는 더는 돌아갈 수 없을지도 몰라…….

나는 무릎을 꿇고 좌절했다.

"유나 님, 왜 그러세요?"

"아니, 아무것도 아니야."

나는 애써 힘을 줘서 일어섰다.

겉모습만 신경 쓰지 않는다면 최고급 옷임에는 확실하니까.

옷을 다 갈아입은 나는 그린 그림을 각자에게 선물했다.

"감사합니다. 소중히 간직할게요."

"저도 방에 장식할게요."

사쿠라와 루이밍은 기쁘게 웃으며 내가 그려준 그림을 바라보았다. 포즈는 다르지만 두 사람이 함께 그려져 있다. 본인 한 명

뿐인 사진을 자신의 방에 장식하는 것은 좀 부끄럽지만, 친구와 함께 있는 사진이라면 부끄럽지 않겠지.

저렇게 기뻐해 주니 그린 보람이 느껴졌다.

"저도 유나 님처럼 그림을 잘 그릴 수 있다면 다른 분들을 그려 드릴 수 있었을 텐데요."

내가 그린 그림을 바라보던 사쿠라가 중얼거렸다.

"그림은 꾸준히 그리다 보면 잘 그릴 수 있어."

"그건 잘하는 사람들이 하는 말이죠. 여러 번 해도 익숙해지지 않는 사람도 있다고요."

"하지만 사쿠라는 아직 어린애니까 이제부터잖아? 사람은 늘 성장하는 법이야."

아무것도 하지 않아도 몸은 성장한다. 하지만 지식은 배우지 않으면 늘지 않고 기술은 연마하지 않으면 향상되지 않는다. 다만 시노부가 하는 말도 맞다. 사람에게는 각자의 재능이 다르고 성장하는 속도도 제각각이다. 적은 시간에 크게 나아가는 사람도 있는 반면 남들보다 배 이상 많은 시간을 들여 나아가는 사람도 있다.

요컨대 의욕의 문제다.

"시노부도 처음부터 그렇게 강하진 않았잖아."

"그렇지만 유나는 뭐든지 다 잘할 것 같은걸요."

"전혀 아니야. 나도 처음에는 많이 서툴렀어."

처음 하는 일이라면 누구에게나 초보자 시절은 있다. 처음부터 잘할 수 있는 사람은 소수의 인간뿐이다. 그림에 관해서 말하자면, 나는 잘했지만 못하는 것에는 시간이 걸린다. 다만 확실한 것은 하지 않으면 앞으로 나아갈 수 없다는 것이다.

"정말요? 옆에서 보기에 어때요, 피나?"

갑자기 질문을 받은 피나는 잠시 생각에 잠겼다.

"옛날의 유나 언니는 잘 모르겠지만 지금의 유나 언니는 강하고 요리도 잘하고 상냥하고 뭐든지 다 잘하는 것 같아요."

"피나?"

"하지만 마물 해체는 못해요."

"그런가요?"

해체는 못한다.

의욕도 없으니 해체 기술이 향상될 일도 없을 것이다.

"사람에게는 적성이라는 게 있으니까. 게다가 해체라면 피나가 나 대신 해 주고 있기도 하고."

"유나 언니."

피나가 조금 기쁜 얼굴을 한다.

"하지만 사쿠라가 그림을 잘 그리고 싶다면 어쨌든 연습은 필요해."

"그렇습니다. 해 보지도 않고 못한다고 포기하면 늘지도 않을 테니까요."

"사쿠라는 나라를 구하기 위해 노력해 왔으니까 마음만 먹으면 할 수 있을 거야."
"네, 포기하지 않고 그려볼게요."
"그땐 제가 그림 모델이 돼 드릴게요."
여기서 이야기가 훈훈하게 마무리되었다고 생각했을 때, 슈리가 폭탄을 던졌다.
"나도 그림을 잘 그리게 되면 유나 언니처럼 그림책을 그려보고 싶어."
"그림책이요?"
사쿠라가 반응했다.
"응, 곰 님 그림책이야."
피나가 황급히 슈리의 입을 막으려 하지만 이미 늦었다.
"혹시 유나 님, 그림책을 그리고 계신가요?"
나는 결국 체념했다.
"음, 아는 애한테 그려줬어."
상대는 공주이지만.
"저도 유나 님이 그린 그림책을 보고 싶어요."
역시 그렇게 되겠지.
"대단한 게 아니라 그냥 어린애들한테 보여주는 그림책이야. 사쿠라가 봐도 하나도 재미없을지도 몰라."
"저 어린아이 맞아요."

사쿠라가 약간 토라진 얼굴로 말했다.

……그랬지, 참.

"유나 씨, 저도 보고 싶어요. 언니한테 얘기는 들었는데 못 봤거든요."

루이밍까지 그런 말을 꺼내온다.

그러고 보니 팔찌 사건으로 인해 루이밍도 그림책에 대해서는 알고 있었다. 하지만 그림책을 보여준 기억은 없다.

"맞아요, 저도 보고 싶어요."

시노부까지 가세해서 그렇게 말한다.

"유나 님, 그림책을 보여주실 수 있을까요? 보고 싶어요."

사쿠라가 간절한 눈빛으로 올려다보며 부탁해 왔다.

나는 상관없는데 피나가 부끄러워할지도 모른다. 피나를 보자 슈리의 입을 틀어막은 채 난처한 표정을 짓고 있다.

"음, 지금은 안 갖고 있어서……."

일단 여기선 갖고 있지 않다는 말로 넘어가려고 했다.

"없으면 저 문을 통해서 바로 가져올 수 있지 않나요?"

"그 여자애한테 이미 준 거거든."

거짓말은 아니다. 원본은 플로라 님에게 드렸다.

"그렇군요."

사쿠라가 슬픈 표정을 짓는다.

"윽."

나는 아이의 우는 얼굴에 약하다.

하지만 내가 그린 그림책이 화의 나라에 퍼지는 건…….

"하아, 알았어."

나는 항복했다.

우는 아이를 이길 수는 없다.

내가 항복하자 피나도 결국 체념하고 슈리의 입에서 손을 뗐다. 그 모습을 본 나는 곰 박스에서 그림책을 꺼내 사쿠라에게 건네주었다.

"귀여운 여자아이와 곰이네요."

루이밍과 시노부가 사쿠라 옆에 앉아 그림책을 들여다보았다.

"유나 씨가 그린 거예요?"

"잘 그렸네요."

그리고 세 사람은 그림책을 읽기 시작했다.

"여자아이가 가여워요." "울프가 여자애를 공격한다!" "오, 곰의 등장이네요." "살아서 다행이다." "약초도 무사히 구해서 다행이에요." "곰은 마을 안으로 들어갈 수 없군요." "곰과 작별이군요." "그래도 어머니께 약초를 가져다 드려서 다행이에요."

피나는 아니지만, 내가 그린 그림책을 눈앞에서 읽으니 조금 부끄럽기는 하다.

사쿠라는 1권을 다 읽은 뒤 2권, 3권을 읽었다. 그때마다 소감을 말해 줘서 나도 피나도 민망했다.

"유나 님, 이 뒤는 없나요?"

"3권까지만 그려서 없어."

아무리 나라도 그리지 않은 것은 보여줄 수 없다.

"아쉽네요. 여자아이가 새로운 마을에서 어떻게 됐는지 궁금해요."

아직 생각해 보지 않았으니 어떻게 되었는지는 나도 모른다.

"그건 그렇고 처음에는 슬픈 이야기인줄 알았는데, 곰 님이 나타난 덕분에 여자아이가 행복해져서 다행이에요."

"그리고 계속 신경 쓰였는데, 이 자매인 여자아이들은 피나와 슈리 맞죠?"

역시 눈치챌 수밖에 없겠지.

"잘 알았네."

"특징이 비슷하니까요. 유나는 사람의 특징을 잘 파악해서 그리네요. 하지만 아까 저희를 그려줬던 인물화와 달리 이쪽은 귀여운 그림이에요."

"어린이용 그림책이니까."

"이렇게 귀여운 그림책은 처음 봤어요."

사쿠라는 그림책을 들고 돌려주려고 하지 않았다.

"혹시 갖고 싶어?"

"……네. 갖고 싶어요. 여자아이가 최선을 다해 살아가려 하고, 그런 여자아이를 곰 님이 도와준다. 마치 절 보는 것 같았어요."

사쿠라가 그림책의 곰을 매만지며 나를 바라보았다.

곰이 나라는 것도 깨달은 거겠지.

"그 그림책은 줄게."

"정말요?!"

"응, 근데 다른 사람한테는 너무 보여주지 마. 피나가 부끄러워하니까."

나도 부끄럽고.

무엇보다 왕도에서의 그림책 배포 사건의 전철을 밟는 것만은 피하고 싶었다.

하지만 그 일이 있었던 덕분에 복사를 할 수 있게 돼서 고아원 아이들이나 레트벨 씨 손자들도 무척 기뻐했다. 물론 나도 좋기는 하지만, 퍼지는 것을 막고 싶은 마음도 있다.

"그림책 속 여자아이가 저라는 건 아무에게도 말하지 말아주세요."

피나가 신신당부했다.

"말한다고 해도 아무도 모를 걸요?"

그것도 그렇다. 피나라는 아이가 그림책의 여자아이 모델이라고 해도, 화의 나라에서는 아무도 모르겠지.

"하지만 부끄러워요."

"알겠습니다. 아무한테도 말하지 않을게요. 약속해요."

사쿠라가 약속했다.

그림책은 사쿠라에게 선물하게 되었다. 그것을 보던 루이밍도 갖고 싶어했기에 루이밍에게도 선물했다.

"감사합니다. 소중히 할게요."

마침내 곰 그림책이 화의 나라와 엘프 마을로 퍼져나가고 말았다. 왠지 내 목을 내가 조르는 느낌인데 기분 탓일까.

하지만 내가 그린 그림책을 보고 좋아해 주는 것은 기쁜 일이다.

"저한테는 안 주시나요?"

"시노부한테 주면 모르는 사이에 똑같은 책이 엄청 늘어날 것 같아."

"그런 짓은 안 해요!"

하지만 사쿠라에게 주면 함께 볼 수 있을 것이다. 고아원 아이들도 다 같이 보고 있으니 사쿠라 한 명만 갖고 있으면 충분하겠지.

일단 복사는 하지 말아달라고 전해놓자.

533 곰 씨, 크리모니아로 돌아가다

그림책도 건네주고 즐겁게 대화를 나누다 보니 밖이 어두워졌다는 것을 알아차렸다.

"슬슬 돌아가지 않으면 늦겠다."

사쿠라와 아이들에게 돌아간다는 뜻을 전했다.

"돌아가시나요? 주무시고 가셔도 되는데요."

"이곳에 너무 오래 있으면 피나네 부모님이 걱정하시거든."

그렇다 해도 왕도로 데려갈 때나 드워프 마을로 갈 때도 티루미나 씨는 크게 걱정하지 않고 보내주었다.

하지만 이번에는 자세한 설명도 하지 않고 피나와 슈리를 데려왔다.

게다가 겐츠 씨도 걱정하고 있을지 모른다.

루이밍도, 아무리 무무르트 씨가 곰 이동문을 알고 있다고 해도 며칠 동안 가족을 속이는 것은 어려울 것이다.

"그러니까 오늘은 돌아갈게."

내가 방석에서 일어섰을 때 흰 곰 장갑이 「크응~, 크응~」 하고 울기 시작했다. 곰 폰이 울리는 것이다.

누구지?

곰 폰을 갖고 있는 사람은 여기에 모두 있지 않나? 그렇게 생각했지만 또 한 명이 있다는 사실을 떠올렸다.

나는 곰 박스에서 곰 폰을 꺼내 가볍게 마력을 흘려보냈다.

『오, 유나?』

곰 폰에서 들려온 목소리의 정체는 예상대로 카가리 씨였다.

그러고 보니 이무기와 싸웠을 때 무슨 일이 생기면 연락하라는 의미로 건네준 적이 있었다. 돌려받지 않았으니 그대로 갖고 있는 거겠지.

"카가리 씨, 무슨 일 있으세요?"

『미안하지만 내일 돌아가면 안 되겠느냐?』

"왜요?"

『스즈란 녀석이 왔는데, 오늘 자고 간다고 하는군. 만나면 여러모로 귀찮을 거야. 내일 아침에는 돌려보내기로 약속했다. 미안하지만 오늘은 그쪽에서 자고 와. 돈이 필요하면 스오우한테 받고. 스즈란 왔다. 그럼 이만.』

카가리 씨는 일방적으로 말하고 통화를 끊어버렸다.

"유나 언니, 어떡해?"

곰 이동문은 여러 개 꺼낼 수 있었다.

카가리 씨가 있는 저택으로 돌아가지 않아도 돌아갈 수는 있다.

그리고 의논한 결과 피나와 아이들은 결국 돌아가게 되었다.

나는 곰 이동문을 꺼냈다. 우선 루이밍 마을로 연결했다.

"맞다. 사쿠라, 이걸 전해 주고 싶어."

루이밍은 뭔가 떠오른 듯 아이템 봉투에서 두 손으로 들 수 있을 정도의 주머니를 꺼냈다.

"이건 무엇인가요?"

"우리 마을에 있는 나뭇잎에서 나는 찻잎이야."

"혹시 신성수의?"

내가 묻자 루이밍이 고개를 끄덕였다. 그리고 사쿠라 쪽을 바라보았다.

"사쿠라, 이무기의 결계를 지키기 위해 마력을 무리해서 써버렸지?"

"네, 하지만 후회하지는 않습니다. 같은 일이 일어난다면 몇 번이라도 할 겁니다."

어릴 때 마력을 너무 많이 쓰면 마법을 못 쓰게 된다고 한다.

사쿠라는 이무기의 결계를 지키기 위해 마력을 지나치게 많이 썼다. 그 때문에 미래에 마법을 사용할 수 없게 될지도 모른다.

"이건 오랜 세월 엘프 마을을 지켜주는 마력의 나무로 만든 찻잎인데, 마력을 회복시켜주는 효과가 있어. 할아버지가 말씀하시길 이걸 차로 끓여 마시면 마법을 쓸 수 있게 될지도 모른대."

"정말인가요?"

루이밍의 말을 들은 사쿠라의 눈에 눈물이 맺혔다.

"약속했잖아? 언젠가 같이 여행을 가자고."

"네. 약속했지요."

두 사람이 그런 약속을 했었구나.

“효과가 있을지도 모르니까 한번 시도해 봐. 하지만 비록 마법을 쓰지 못하더라도 전에 약속한 대로 내가 지켜줄 테니까.”

“루이밍 씨…….”

“물론 그러기 위해서는 나도 강해져야겠지만.”

“저도 열심히 마실게요.”

“그래도 너무 과하게 마시면 안 돼.”

“네.”

루이밍과 사쿠라는 약속을 나눴다.

신성수의 효과는 잘 모르겠지만 효과가 있었으면 좋겠다. 하지만 어떤 결과가 나오든 저 두 사람이라면 괜찮을 것이다.

루이밍이 곰 이동문을 지나갔다.

“루이밍 씨. 또 오세요.”

“응, 또 올게. 피나도 슈리도 또 봐. 시노부 씨도 여러모로 감사했습니다.”

“언제든지 환영이에요.”

모두가 루이밍을 향해 작별인사를 전했다. 언제까지나 열어둘 수도 없었기에 문을 닫았다.

나중에 루이밍이 지나갔던 문을 회수해야 한다. 잊지 말고 기억해 두자.

다음으로 문을 닫은 나는 크리모니아로 가는 문을 열었다.

“집까지 바래다주지 않아도 괜찮아?”

"괜찮아요. 유나 언니, 불러주셔서 감사해요. 즐거웠어요."

"응, 즐거웠어."

나는 내가 그린 기모노 차림의 피나와 슈리 그림을 건네주었다.

"역시 엄마한테 보여줄 거야?"

"모처럼 그린 그림이니까요."

티루미나 씨도 딸의 귀여운 모습은 보고 싶을 것이다.

그림 속 피나는 수줍게, 슈리는 즐겁게 웃고 있었다. 손을 보니 사이좋게 꼭 잡고 있다. 실제로는 피나가 도망가지 못하도록 슈리가 피나의 손을 꼭 잡고 있는 것뿐이지만, 이렇게 보니 사이좋게 손을 맞잡은 것처럼 보였다.

"그럼 나도 내일 돌아갈게."

"네. 사쿠라, 시노부 씨, 여러 가지로 감사했어요."

"또 오세요."

"기다리고 있을게요."

피나와 슈리도 곰 이동문을 지나 크리모니아에 있는 나의 곰 하우스로 돌아갔다.

"유나 님은 어떻게 하실 건가요?"

"나는 적당한 곳에서 하룻밤 잔 다음 내일 돌아갈게. 사쿠라의 방에 문을 내놓은 채로 돌아갈 수는 없으니까."

나는 곰 이동문을 치웠다.

"그렇다면 여기에 묵고 가세요."

처음 화의 나라에서 묵었던 온천 딸린 숙소에 묵을까 생각했는데, 사쿠라의 말에 감사히 응하기로 했다.

그리고 사쿠라는 저녁까지 곰돌이와 곰순이와 놀았다.

저녁으로는 일식을 먹은 뒤 사쿠라의 방에 이불을 2개 깔았다.

지금 우리는 이불 위에 앉아 있고, 품 안에는 꼬맹이화한 곰돌이와 곰순이가 안겨 있었다.

"그럼 불을 끌게요."

사쿠라가 일어나 벽에 있는 마석에 손을 얹자 천장에 있는 불이 꺼졌다.

각자 곰돌이와 곰순이를 한 마리씩 안고 이불 속으로 들어갔다.

"유나 님, 안녕히 주무세요."

"잘 자."

조용한 시간이 흘렀다.

"유나 님, 일어나 계세요?"

"일어나 있어. 혹시 잠이 안 와?"

"잠깐 이야기해도 될까요?"

"응, 좋아."

"유나 님, 다시 한번 감사드려요. 화의 나라를 구해 주셔서 감사합니다."

"감사하다는 말은 이미 충분히 들었어."

"저는 말 외에는 보답할 수 있는 것이 없으니까요."

"말로도 충분해."

이 세상에는 감사하다는 말조차 못하는 사람도 있다.

"하지만……."

"이제 감사 인사는 금지."

앞으로 계속해서 감사의 말을 듣는 것도 곤란했기에 사쿠라의 말을 가로막았다.

그리고 궁금했던 것을 물었다.

"그러고 보니 미래에 대한 꿈은 아직 꾸고 있어?"

"아니요, 못 본 것 같아요. 꾼다 해도 즐거운 꿈뿐이에요. 유나 님과 놀기도 하고, 시노부와 외출도 하고, 즐겁게 일도 하고, 그런 꿈들이요."

"그게 미래가 됐으면 좋겠다."

"네."

예지몽 같은 건 보지 않는 편이 낫다.

편리한 힘일지도 모른다. 이번처럼 죽음이 코앞에 다가온 상황에서라면 어쩌면 도와줄 수 있을지도 모른다. 하지만 막지 못할 수도 있다.

게다가 사쿠라 같은 아이가 지니기엔 너무 무거운 힘이라는 것만은 확실했다.

피나도 그렇지만 아이는 그저 행복했으면 좋겠다.

그 후 사쿠라가 잠들 때까지 우리는 수다를 떨었다.

다음 날, 아침 식사를 하고 온천 딸린 저택으로 돌아가려는데 시노부가 찾아왔다.

"어제 유나가 부탁했던 카드예요."

그렇게 말하며 카드를 두 장 내민다.

어제 부탁을 했는데 벌써 만들어준 모양이다.

"고마워. 피나랑 무무르트 씨한테 전해둘게."

나는 곰 박스에 카드를 넣었다.

"그럼 나도 갈게."

"유나 님, 다음에 또 오세요.

"모처럼 온천 딸린 저택도 받았으니까 와야지."

곰 이동문이 있으니 온천에 들어가는 것도 쉽다.

"기다리고 있겠습니다."

"유나. 아직 안내하고 싶은 곳이 많으니까 꼭 와주세요."

"올게. 그때는 또 시노부가 한턱 내줘."

"좋아요."

"아니, 거기서는 싫다고 말해야지."

농담으로 한 말인데.

"유나에게 쓴 돈의 청구는 국왕님께 하니까 문제없어요."

"그러면 안 되지."

"카가리 님도 말씀하셨지만 이무기가 사람이 있는 곳에 왔다면 얼마나 큰 피해가 났을지 알 수 없어요. 집이 무너져서 다시 짓는 데에도 엄청난 비용이 들었을 거고요. 사람이 다치면 일을 할 수 없죠. 최악의 경우 죽었을지도 몰라요. 그랬을 때 들어가는 돈을 생각하면 유나에게 한턱내는 일쯤은 별거 아니죠."

그 말도 맞다. 하지만 대접받는 입장에서는 나랏돈으로 대신 내겠다고 하면 거절하고 싶은 심정이었다. 그렇다고 해서 시노부 지갑에서 나오는 건 괜찮다는 뜻은 아니지만.

어디까지나 농담으로 말한 것뿐이다.

그리고 돈이 없는 것도 아니다.

현재 진행형으로 미릴러와 크리모니아를 연결하는 터널 통행료의 돈이 들어오고 있고, 가게나 꼬끼오의 수입도 들어온다. 즉, 일하지 않아도 될 만큼의 돈은 있다.

"어쨌든 농담이야. 뭐, 나중에 또 안내를 해 주면 좋겠어."

"그때는 저도 함께 하겠습니다."

나는 사쿠라와 시노부에게 감사를 표하고 저택을 나섰다.

마을 밖까지 배웅한다고 했지만 거절했다.

거절하지 않으면 카가리 씨가 있는 곳까지 따라올 것 같았으니까.

두 사람과 헤어진 뒤 마을 밖으로 나온 난 곰돌이를 소환해 카가리 씨가 있는 저택으로 향했다.

그리고 무사히 카가리 씨가 있는 저택으로 돌아올 수 있었다.

"카가리 씨, 다녀왔어요."

"돌아왔느냐?"

카가리 씨는 넓은 방에 이불을 깔고 누운 채 술을 마시고 있었다.

이불 근처에는 여자라도 들 수 있을 법한 작은 술통이 있다.

아이가 술을 마셔도 되는 건가? 내용물은 어른이지만 외관상 아웃이 아닐까.

"너뿐인가?"

"피나나 다른 애들은 먼저 돌아갔어요."

"그렇군. 무무르트의 손자에게 그의 이야기를 좀 듣고 싶었는데."

"다음에 또 데리고 올게요. 그나저나 스즈란 씨였나? 그분은 돌아갔어요?"

뭐, 일단 집에 들어오기 전에 탐지 스킬로 확인하고 들어온 것이니 카가리 씨 외에 아무도 없다는 것은 알고 있었다.

"그래, 한동안 머물고 싶다고 하기에 필요한 게 있으니 준비해 달라는 말로 적당히 돌려보냈다."

"카가리 씨를 엄청 걱정하고 계신가 봐요."

이름밖에 모르지만 카가리 씨를 걱정했던 사람 중 한 명이라는 것만은 확실해 보였다.

다음에 한번 만나보는 것도 좋겠다.

"날 보자마자 어린애 취급하며 안아 올리더구나."

그건 어쩔 수 없다. 어른이던 카가리 씨가 아이가 되었을 거라고는 누구도 생각할 수 없었을 것이다. 그리고 카가리 씨를 쏙 빼닮은 아이가 나타나면 누구라도 카가리 씨의 아이라고 생각하지 않을까.

"그래서 넌 이제 어쩔 거지?"

"돌아갈 생각인데, 혹시 외로워요?"

"무슨 소리야. 난 그 누구보다 오래 산다. 이별도 여러 번 겪었지. 딱히 외로울 리가 없잖아."

어쩌면 이별이 힘들었기에 홀로 지내는 것일지도 모르겠다. 성에 남아 있으려 하지도 않고 섬에 혼자 남았다.

아마 지금까지 많은 사람들과 헤어지며 슬퍼해 왔는지도 모른다. 그 기분은 나는 알 수 없다. 다만 외로움을 느끼는 그 마음은 이해한다.

"만약 엘프 마을에서 살고 싶어지면 말해 줘요. 그곳이라면 카가리 씨도 같이 살 수 있을 테니까요."

"……."

카가리 씨가 놀란 표정으로 나를 바라보았다.

우리와 달리 엘프는 장수하는 종족이다. 함께 산다면 똑같이 장수하는 사람들과 사는 편이 행복하지 않을까.

"……그 말은 고맙게 받아두지. 하지만 이곳에는 내가 없으면 쓸쓸해하는 자가 있으니 말이야."

그리움이 담긴 눈빛으로 열려진 창밖을 바라본다.

카가리 씨를 챙겨주는 스즈란 씨. 엄마나 언니처럼 그녀를 잘 따르는 사쿠라. 오랫동안 알고 지낸 국왕. 아마 이곳을 떠날 수는 없을 것이다.

나는 피나 일행이 골라준 기념품인 풍경을 창문에 달아두었다.

"풍경인가?"

"다 같이 고른 거예요."

풍경이 바람에 흔들리며 「딸랑」 하고 울린다.

그러고 나서 나는 돌아갈 때까지 카가리 씨와 풍경 소리를 들으며 이야기를 나누었다.

534 곰 씨, 그림책 4권을 그리다

화의 나라에서 돌아온 나는 피나와 슈리를 맡았던 일로 티루미나 씨를 만나러 갔다. 갑자기 피나를 데려간 거나 다름없었기에 그 사과의 뜻도 포함해서 간 것이다.

하지만 티루미나 씨는 조금도 화난 기색 없이 「유나를 믿고 있으니까 괜찮아」라고 말해 주었다. 다만 딸이 두 명 다 1박 2일 동안 자리를 비웠던 탓에 겐츠 씨는 좀 쓸쓸해한 모양이다.

"그리고 멋진 그림도 고마워."

피나와 슈리의 기모노 차림이 그려진 그림도 기뻐해 주었다.

겐츠 씨는 두 사람의 귀여운 모습을 실제로 볼 수 없어서 아쉬워했다고. 내가 그린 그림보다 실제 피나와 슈리가 더 귀여웠으니 어쩔 수 없는 일이다.

참고로 겐츠 씨에게는 화의 나라에서 선물 받은 옷을 내가 입혀줬다는 변명을 해서 둘러댔다고 한다.

그리고 티루미나 씨에게 오늘도 피나의 외출 허락을 받았다.

티루미나 씨는 평소처럼 자유롭게 다녀와도 좋다고 말해 주었다.

"유나 언니, 그림책을 그리시려고요?"

테이블 위에는 종이와 그림 도구들이 준비되어 있었다.

어제 사쿠라에게 그림책을 건네주었더니 오랜만에 그림을 그리고 싶다는 마음이 들었다. 게다가 플로라 님도 기다리고 계실지도 모르니 슬슬 그려봐야지.

마지막으로 그림책을 그렸던 것은 학원 축제에 가기 전이었다. 그 후 사막에 가거나, 미릴러 마을에 다 같이 여행을 가거나, 드워프 마을이나 화의 나라에 가면서 그림책을 그리지 않았다.

그리고 싶다는 마음이 들었을 때 그리지 않으면 게으른 나는 아무리 시간이 지나도 그리지 않을 것이다.

그래서 오랜만에 그림책을 그릴 생각으로 피나를 집으로 초대했다.

"여자아이가 마을에 간 후에는 어떻게 되나요?"

그림책은 여자아이가 병이 나은 엄마와 여동생과 함께 새로운 마을로 가며 끝이 난다.

여자아이의 새로운 생활이 시작되는 부분부터 그릴까 생각 중이다.

"이렇게 가려고 생각하는데."

나는 피나에게 그림책의 내용을 간단히 설명하고 그림을 그리기 시작했다.

그림책 곰과 소녀 4권

여자아이는 가족과 새로운 마을에 왔습니다.

아이들의 품 안에는 작은 곰이 있습니다.

여자아이의 팔 안에는 작은 곰이, 여동생의 팔 안에는 작고 하얀 곰이, 엄마의 팔 안에는 작고 검은 곰이 안겨 있습니다.

"엄마, 어디 가는 거야?"

여자아이는 새로운 마을을 보며 불안해했습니다.

곰을 끌어안은 팔에 힘이 들어갔습니다.

어머니는 모험가 길드에 간다고 말씀하셨습니다.

모험가 길드는 마물을 쓰러뜨리거나 마법을 사용하는 사람이 있는 곳입니다.

여자아이에게 험상궂은 얼굴을 한 어른이 많은 모험가 길드는 무서운 곳이었습니다.

가족은 다 같이 모험가 길드에 왔습니다.

아주 큰 건물입니다.

검을 든 모험가가 건물 안으로 들어가거나 나가고 있었습니다.

여자아이와 여동생은 불안해합니다. 그런 딸들에게 어머니는 미소를 지어주었습니다. 그 미소에 여자아이와 여동생은 불안이 조금 사라지는 것을 느꼈습니다.

가족은 모험가 길드 안으로 들어갔습니다.

건물 안에는 검 같은 무기를 든 무서워 보이는 사람들이 많았습니다. 그런 모험가들의 시선이 그들에게 쏠렸습니다.

"곰?" "곰?" "곰?" "베어?"

세 사람이 안고 있는 곰으로 시선이 향합니다.

여동생은 무서워하며 어머니 뒤로 숨어버렸습니다. 하지만 여자아이는 곰을 더 꼭 끌어안고 시선을 견디며, 어머니 앞에 서서 어머니와 여동생을 지키려고 했습니다.

어머니는 여자아이의 머리에 손을 얹고 「괜찮아」라며 상냥하게 미소 지었습니다.

어머니가 접수처에 가자 누군가의 이름을 말하며 불러달라고 부탁했습니다.

접수처 여성은 아이와 어머니가 안고 있는 곰을 보고 놀라면서도 곧 누군가를 부르러 갔습니다.

잠시 후 세 사람 앞에 몸집이 큰 남자가 나타나더니 어머니와의 재회를 기뻐했습니다.

세 사람은 방 안쪽으로 가게 되었습니다.

남자는 모험가 길드에서 가장 높은 길드 마스터였습니다.

길드 마스터는 여자아이, 여동생, 어머니가 안고 있는 곰을 바라보았습니다.

"그건 곰인가?"

어머니는 길드 마스터에게 곰과 함께 마을에 살 수 있게 해달라고 부탁했습니다.

곰은 생명의 은인입니다.

길드 마스터는 생각에 잠겼습니다.

"그건 그렇고 곰이라. 그립군."

길드 마스터는 여자아이가 끌어안은 곰의 머리를 쓰다듬으려고 손을 뻗었습니다. 그 순간, 곰이 입을 열었습니다.

"그때 그 울보 모험가가 길드 마스터가 되다니 놀랍네."

곰이 말을 해서 길드 마스터는 화들짝 놀랐습니다.

"……너, 그때 그 곰이냐?"

"오랜만이야. 오줌싸개 모험가."

곰이 그렇게 말한 순간 길드 마스터의 얼굴이 파랗게 변했습니다.

"오줌 싸는 건 이제 나았어?"

길드 마스터는 곰의 입을 막으려고 했지만 그럴 수 없었습니다.

"역시 숲의 곰이었군."

곰과 길드 마스터는 아는 사이로 보였습니다.

덕분에 여자아이는 곰과 함께 살 수 있게 되었습니다.

"그건 그렇고 귀여워졌구나."

길드 마스터는 곰의 머리를 쓰다듬으려고 했습니다.

곰이 그 손을 물려고 했지만, 빠르게 피해버립니다.

길드 마스터는 웃었고, 곰은 분하다는 표정을 지었습니다.

여자아이도 재미있는지 미소를 지었습니다.

그리고 어머니는 모험가 길드에서 일할 수 있게 되었습니다.

어머니는 모험가 길드에서 일을 시작했고, 여자아이와 여동생도 길드에서 지내게 되었습니다.

"너희들도 앞으로 이 여자애랑 곰한테는 손대지 마라. 그런 짓을 했다간 모험가 카드를 몰수할 테니까."

길드 마스터는 여자아이들을 소개하고 그곳에 있던 모험가들에게 말했습니다.

모험가들은 놀랐지만 고개를 끄덕였습니다.

검은 곰은 엄마와, 흰 곰은 여동생과, 곰은 여자아이와 함께 있게 되었습니다.

그리고 어머니가 오랜 시간 일할 수 없었기 때문에 여자아이는 마물과 동물 해체 작업을 돕게 되었습니다.

그러는 사이에 모험가 길드 안에서는 곰과 함께 있는 여자아이로 알려지게 되었습니다.

그러던 어느 날, 여자아이는 숲에 가고 싶다는 곰의 말에 근처 숲으로 산책을 가기로 했습니다.

원래의 크기로 돌아온 곰은 여자아이를 태우고 초원을 지나 숲 속을 달렸습니다.

곰은 아주 빨리 달렸습니다.

그리고 숲을 빠져나와 한동안 길을 달려가다가, 곰이 멈춥니다.
"마물이 있어."
곰의 말에 여자아이는 긴장했습니다.
곰이 달리는 속도가 조금씩 느려졌습니다.
여자아이의 위치에서도 몇 마리의 울프가 있는 것이 보였습니다.
"사람이 있어."
마물 근처에는 멈춰선 마차가 있었습니다.
그 마차 근처에서는 남자가 그곳을 보호하듯 막대기를 휘두르고 있었습니다.
"오지 마!"
남자가 울프를 향해 막대기를 휘둘렀습니다.
자세히 보니 마차 근처에는 어머니로 보이는 사람이 아이를 끌어안은 채 지키고 있는 모습이 보였습니다.

울프는 으르렁거리며 마차 근처에 있는 가족에게 덤벼들려고 했습니다.
어머니의 품 안에는 아이가 안겨 있습니다.
여자아이에게 그 모습은, 마을로 가는 길에 마물의 습격을 받았을 때 어머니가 자신을 지켜주던 모습과 겹쳐 보였습니다.
여자아이는 그 가족을 지켜주고 싶었습니다.
하지만 여자아이에게는 아무런 힘도 없었습니다.

"곰 님, 도와줘."

여자아이는 곰에게 부탁했습니다.

곰에게 위험한 일을 시키게 된 것입니다.

하지만 여자아이는 곰에게 부탁을 하는 것 외엔 할 수 있는 일이 없었습니다.

곰은 여자아이의 마음을 알아차리고 마차를 향해 달리기 시작했습니다. 곰이 울프를 향해 크게 울었습니다.

울프가 곰에게 달려들려고 합니다. 하지만 곰이 위협하듯이 크게 으르렁거리자 울프는 곧 도망갔습니다.

여자아이가 안도한 표정을 지었습니다.

"괜찮으세요?"

여자아이는 습격당할 뻔했던 가족에게 말을 걸었습니다.

"곰이다!"

아버지가 막대기를 곰에게 향했습니다.

여자아이는 곰이 위험하지 않다는 것을 설명했습니다.

아버지는 이 위험하지 않다는 사실을 알게 되자 막대를 거뒀습니다. 여자아이는 그들에게 감사 인사를 들었습니다.

사정을 들어보니 가족들은 마을로 과일을 운반하던 중이었다고 합니다. 그런 와중 마차 바퀴가 도랑에 빠져서 움직이지 못하고 있는데 울프들이 다가와 도망치지 못했다고 합니다.

아버지는 바퀴를 보고는 난처한 얼굴을 했습니다.

말이 힘을 주어 잡아당겨 보았지만 도랑에 빠진 바퀴는 움직이지 않았습니다.

"곰 님……."

여자아이가 곰에게 부탁하자 곰이 마차 뒤로 이동합니다. 그리고 뒤에서 마차를 누르자 마차 바퀴가 도랑에서 쑥 빠졌습니다.

이제 마차는 움직일 수 있게 되었습니다.

아버지에게 감사 인사를 듣고, 보답으로 여자아이는 과일을 받았습니다.

길드에 있는 어머니와 여동생에게 선물할 것이 생겨서 기뻤습니다.

훗날 여자아이와 곰이 가족을 구한 일이 모험가 길드에 퍼졌습니다. 도움을 받은 그 가족이 마을에 와서 곰에 대해 물었다고 합니다.

곰이 커질 수도 있다는 사실은 길드 마스터가 알려준 덕분에 모험가 길드 사람들 모두가 알고 있었습니다. 그 이야기를 듣고 모험가 길드에서는 금세 곰과 소녀라는 것을 알아차렸습니다.

여자아이는 어머니에게 위험한 일을 하면 안 된다며 크게 혼이 났습니다.

그리고 며칠 후, 여자아이는 길드 마스터에게 불려갔습니다.

여자아이에게 의뢰가 들어온 것입니다.

여자아이는 곰을 끌어안고 의아하다는 표정을 지었습니다.
여자아이는 모험가가 아닙니다. 그러니 의뢰가 들어올 일도 없습니다.
하지만 길드 마스터의 이야기를 듣고 여자아이는 놀랐습니다.
의뢰를 해 온 것은 이 마을에서 가장 높으신 영주님이었습니다.
길드 마스터는 문제없으니 가도 괜찮다고 말했습니다.
그때는 곰과 함께 가라는 말도 들었습니다.
"부탁하마."
곰과 함께라면 안심할 수 있었습니다.
길드 마스터는 곰을 만지려고 했지만 곰은 그 손을 물려고 했습니다. 그런데 이번에도 또 피해버립니다.
이야기를 들은 여자아이의 어머니는 걱정했지만, 길드 마스터의 말을 듣고 여자아이를 보내기로 했습니다.

여자아이는 곰과 함께 이 마을의 영주님 저택으로 향했습니다.
영주님의 집은 너무 커서 여자아이는 몸이 굳었습니다.
"크다."
여자아이가 돌아가고 싶다는 생각을 하는데, 문이 열리며 작은 여자아이가 얼굴을 내밀었습니다.
"곰?!"
문 안쪽에서 나온 것은 예쁜 옷을 입은 금색 머리의 여자아이였습니다. 여자아이의 눈에는 공주처럼 보였습니다.

금색 머리의 여자아이가 말을 걸어왔습니다.

"모험가인 곰 님?"

여자아이는 순간 금색 머리를 한 여자아이가 무슨 말을 하는지 알지 못했습니다.

이야기를 들어 보니 여자아이가 곰을 사용하여 마물을 쓰러뜨렸다는 이야기가 퍼지고 있다는 것을 알았습니다.

여자아이는 모험가가 아니라 산책을 하다가 마물에 습격당한 사람을 보았고, 그래서 곰에게 부탁해 쫓아낸 것이라 설명했습니다.

여자아이는 자신은 아무것도 하지 않았다고 말했습니다.

그리고 여자아이는 이 저택에 불렸다는 이야기를 전했습니다.

그러자 여자아이를 부른 것은 눈앞에 있는 금색 머리의 여자아이 본인이라고 했습니다.

금색 머리의 여자아이는 곰과 함께 있다고 하는 소문의 여자아이를 만나보고 싶었다고 했습니다.

여자아이는 저택에 초대되어 곰 이야기를 많이 들려주었습니다.

여자아이와 금색 머리를 한 여자아이는 즐거운 시간을 보냈습니다.

여자아이에게 금색 머리를 한 또래 친구가 생겼습니다.

곰과 소녀 4권 끝

535 곰 씨, 그림책을 다 그리다

나는 그림책을 그리기 시작했다.

여자아이 가족이 의지한 것은 모험가 길드의 길드 마스터였다.

"아는 사람은 저희 아빠 아닌가요?"

아는 사람이 길드 마스터인 것을 보고 피나가 물었다.

"곰과 함께 지내려면 허가가 필요하니까, 여기에선 제일 지위가 높은 사람으로 하는 게 좋을 것 같아서."

여기서 새삼 곰이 박해를 받는다는 이야기를 그려도 재미가 없을 것이고, 이런 장면에서는 힘을 가진 사람을 등장시키는 편이 나았다. 미안하지만 겐츠 씨로는 역부족이다.

"하긴, 아빠로는 무리겠네요."

그런 말을 하면 겐츠 씨가 불쌍하다.

하지만 내 생각도 똑같았기 때문에 길드 마스터로 바꾼 것이니 반박은 할 수 없었다.

게다가 길드 마스터가 지인이라는 설정은 티루미나 씨가 전 모험가였다는 사실을 감안해서 넣은 설정이었다.

"하지만 길드 마스터가 오줌싸개라니."

피나가 곰의 말에 미소를 지었다.

"오줌싸개란 말은 단순히 약점을 만들기 위해 쓴 거니까 실제 길드 마스터가 그렇다는 건 아냐."

일단 길드 마스터의 명예를 위해 말해 두었다. 애초에 길드 마스터의 과거 같은 건 모른다.

그리고 여자아이의 가족은 무사히 길드 마스터의 도움을 받게 된다.

"엄마는 모험가 길드에서 일하게 되는군요."

"고아원도 없고 꼬끼오도 없으니까. 게다가 실제로는 피나가 모험가 길드에서 일하고 있었으니까 끼워 맞춘 느낌이지."

곰이 안내해 준 숲속에서 꼬끼오를 키운다는 이야기도 생각해 보긴 했다. 하지만 상업 길드가 나오거나 멋대로 장사를 시작한 여자애가 괴롭힘을 당한다는 이야기가 될 것 같아서 그만두었다. 그런 이야기를 그려도 즐겁지 않을 테니까.

게다가 실제 이야기와 너무 동떨어진 이야기로 가 버리면 앞으로의 전개를 생각하는 것이 번거로워진다.

고아원이나 꼬끼오 이야기가 그림책에 들어갈 것 같다면 그때 그리면 그만이다.

"역시 여자아이는 해체를 하는군요."

어머니는 모험가 길드에서 일하게 되고, 여자아이도 모험가 길드에서 일을 하면서 해체를 배우게 된다.

"그야 뭐, 여자아이는 피나를 모델로 한 거니까."

"윽……."

피나가 수줍음을 드러냈지만 그 부분은 어쩔 수 없었다. 여자아이는 피나이고 곰은 나이기도 하니까.

그래서 여자아이는 피나처럼 해체를 할 수 있다는 설정을 넣었다.

"여자아이가 마을 밖으로 산책을 가나요?"

"이 뒤에 노아 역의 여자아이를 등장시킬 생각이거든. 그러려면 곰이 살짝 활약을 해야 하니까."

현실에서는 내가 여러 마물을 쓰러뜨렸고, 그 일이 노아와 클리프의 귀에 들어가 두 사람에게 불려갔다. 그것이 노아와의 만남이다.

그래서 그림책 속의 여자아이도 영주의 딸과 만나게 하기 위해, 여자아이와 곰이 마물과 싸운다는 이야기를 끼워넣어 영주의 딸 귀에 여자아이와 곰에 대한 이야기가 들어가게 만든 것이다.

"여자아이는 유나 언니처럼 모험가가 되지는 않네요."

피나가 아쉬움을 내비쳤다.

모험가가 되고 싶었나?

"어리고, 본인에게는 힘이 없으니까."

여자아이에겐 힘이 없지만, 현실의 나도 그렇다. 곰 장비가 없으면 난 싸울 수 없으니까. 그림책의 여자아이도 곰이 없으면 싸울 수 없다.

처음에는 곰을 다루는 여자아이라는 설정으로 모험가로 만들어볼까 하는 생각도 했었다. 하지만 평범하게 생각하면 어머니가 허락하지 않을 것 같았기에 현재로선 여자아이를 모험가로 만드는 것은 포기한 상태였다.

게다가 실제의 난 모험가다운 일을 하고 있지 않다는 느낌도 들었다.

그 후 그림책에는 흔한 소재인 마차가 마물에게 습격당하는 장면이 나왔다.

"혹시 이 마차의 가족은 미사 님 생일파티에 갈 때 만났던 가족인가요?"

"잘 맞췄네."

그림은 직접 경험한 내용을 바탕으로 그려 나갔다. 그러는 편이 스토리를 생각하기가 쉬웠으니까.

"바퀴가 도랑에 빠져서 멈춰섰다는 부분이 똑같으니까요."

피나도 그때는 함께 있었기 때문에 바로 알아차린 모양이었다. 하지만 다른 사람이 이 내용을 읽는다면 그것까진 알지 못할 것이다.

그리고 여자아이와 곰은 마물에게 습격당한 가족을 도와준다.

"여자아이는 도망가지 않네요."

"그림책을 읽은 아이가 어려운 사람에게 손을 내밀어주는 사람이 됐으면 해서."

그림책을 읽은 아이들은, 본인이 도움을 받았다면 후일 같은 처지에 놓인 사람에게 손을 내밀어주었으면 한다. 그래서 그런 마음을 담아서 그린 것이다.

여자아이는 마차가 마물에 습격당했을 때 어머니의 보호를 받았고 곰의 도움을 받았다.

만약 넘어졌을 때 누군가의 도움을 받았던 사람은 넘어진 아이를 보면 손을 내밀어 줄 것이다.

도움을 받으면 자신도 도와준다.

어려운 사람이 있으면 눈을 돌리지 않고 도우려 하는 마음이 중요하다.

물론 본인이 할 수 있는 범위 안에서 말이다. 본인이 감당할 수 없는 일을 해서는 안 된다. 마물의 습격을 받았을 때 모험가의 도움을 받았다고 해서 모험가처럼 마물을 쓰러뜨릴 수는 없다.

누군가 도움을 청하러 가거나 외면하지 않는 것이 중요하다는 뜻이다.

그래서 그림책에는 주인공인 여자아이가 본인은 도와줄 수 없다는 것을 이해하고 곰에게 부탁한다는 묘사를 넣었다.

그리고 여자아이와 곰이 마물을 쓰러뜨린(퇴치한) 일이 퍼지며 노아 역인 영주의 딸 귀에 그 소식이 들어간다.

"노아 님이네요."

"그림책에 그려달라는 부탁을 받았으니까."

얼마 후 여자아이와 곰은 길드 마스터의 부름을 받아 영주의 집으로 가게 되었다.

이 부분도 내가 직접 겪은 일이다.

그때는 귀족들의 호출이라는 이유로 꺼려했던 기억이 났다. 하지만 가지 않았다면 노아를 만나지 못했겠지.

지금 생각하니 그립네.

나와의 만남이 노아가 곰을 좋아하게 되는 계기가 되었다. 그렇게 생각하면 한 사람의 인생을 바꿔버린 것일지도 모른다.

하지만 나는 나쁘지 않은 일이라고 생각하고 싶다.

그리고 노아 역의 여자아이가 등장. 금색의 긴 머리를 한 여자아이다.

"후후, 노아 님의 그림 귀여워요."

그때는 클리프가 있었지만, 귀찮아서 그림책에서는 아예 없애버렸다. 문제는 엘레로라 씨다. 함께 집에 산다는 설정으로 해도 될 것 같지만, 일단 이번에 등장시키는 건 노아가 모델인 여자아이로만 한정하자.

그리고 주인공인 여자아이는 곰을 통해 귀족 여자아이와 친해진다.

이 부분도 피나와 노아처럼, 일반인과 귀족이 신분 차이에 상관없이 친하게 지냈으면 하는 바람을 담았다.

마지막은 여자아이 둘이 곰과 즐겁게 노는 그림으로 끝이 났다.

"여자아이와 노아 님, 웃고 있네요."

여자아이와 귀족 여자아이는 곰을 가운데 두고 미소를 짓고 있었다.

마지막 그림을 다 그려 넣고 그림책을 완성했다.

"피곤하다~."

"수고하셨어요."

피나가 차를 내주었다.

"맛있다."

내 말에 피나가 기쁜 얼굴을 했다.

"유나 언니는 그림을 정말 잘 그리는 것 같아요."

내가 그린 그림을 보면서 그녀가 말했다.

"사쿠라한테도 말했지만 연습을 많이 하면 돼. 피나도 해체는 셀 수 없이 많이 하면서 배운 거잖아. 그거랑 똑같아."

누구나 처음부터 잘하는 사람은 없다.

물론 한 번에 해내는 천재도 있겠지만 그런 것은 극히 일부다.

"하지만 유나 언니는 모험가로서도 대단하고 요리도 잘하잖아요. 게다가 그림도 잘 그리고 어려운 사람이 있으면 도와줘요. 유나 언니는 정말 굉장해요."

"그건 내가 피나보다 조금 더 어른이기 때문이야. 요리는 어렸을 때부터 해 왔고 그림도 한가할 때 계속 그렸으니까. 게다가 피나도 그 나이에 요리나 빨래 같은 집안일을 대부분 다 할 수 있잖아."

"그건 엄마가 아프셨으니까요."

"그러니까 기특한 거지."

게다가 나의 전투 기술은 게임을 통해 배운 것이지만 마력은 신이 내려준 것이다.

그리고 피나가 말하는 것만큼 어려운 사람 모두를 돕고 있는 것도 아니다. 내 눈이 닿는 범위에서, 내가 돕고 싶은 사람에 한정된다. 그러니까 조금도 대단하지 않다.

다만 남들보다 돈이 많고, 요리에 대한 지식이 있으며, 마법을 사용할 수 있고, 전투 기술이 있을 뿐이다.

남들보다 누군가를 도울 수 있는 범위가 넓은 것뿐이다.

나보다 왕족이나 귀족 쪽이 도울 수 있는 사람의 수는 더 많다.

나는 피나를 만나 많은 도움을 받았다. 그녀처럼 상냥한 여자아이와 만나지 않았더라면 이 세계에 온 뒤에도 삐뚤어진 성격으로 살았을지 모른다. 나는 손을 뻗어 피나의 머리를 쓰다듬었다.

"왜 갑자기 머리를 쓰다듬으세요?"

"그냥 그러고 싶어서?"

그저 이런저런 생각을 하다 보니 쓰다듬고 싶어졌을 뿐이다.

피나는 그런 내 마음을 알 리가 없었기에 그녀의 머리 위에는 「?」 표시가 떠 있었다.

536 곰 씨, 화의 나라 기념품을 들고 가다

피나에게는 그림책 만드는 것을 도와준 보답으로 과자를 주었다.
화의 나라에서 샀던 사탕 공예다.
이무기랑 싸우기 전에 샀었던 것인데, 그대로 방치하고 있었다.
나는 사탕 공예가 들어있는 찬합의 뚜껑을 열었다.
찬합 안에는 가지각색으로 된 여러 모양의 사탕이 들어 있었다.
빨간색, 파란색, 노란색 나비, 새, 물고기, 갈색 동물 같은 것들.
"너무 예뻐요. 이게 과자인가요?"
"사탕 공예라고 하는 달콤한 과자야. 좋아하는 걸로 골라도 돼."
"과자…… 물고기나 과일, 동물이나 새도 있어요."
"이게 과자라니 믿을 수가 없어요."
그것은 나도 같은 의견이다.
쉽게 따라할 수 없는 장인 정신이다. 아까의 내 그림책도 그렇지만, 피나의 해체 기술도, 그 어느 것도 하루아침에 되는 일은 없다.
피나가 찬합 속을 바라보았다.
"유나 언니, 이건 뭐죠?"
피나의 시선이 향한 곳에는 곰 인형 옷을 입은 여자아이의 사탕 공예가 있었다.

"사탕 공예를 해 준 아저씨가 만들어준 거야. 이걸로 먹을래?"

피나가 고개를 저었다.

"유나 언니를 먹는 건……."

그렇게 말한 피나는 찬합 속을 찬찬히 들여다본 뒤 노란색 병아리를 선택했다. 곰을 고를 거라 생각했는데 아니었다.

"한번 핥아봐."

피나가 병아리 사탕 공예를 몇 번 핥아본다.

"달아요."

피나는 곧 맛있게 핥아먹었고, 점점 병아리 모양이 변해갔다. 잠시 후 병아리는 자취를 감췄다.

"맛있지만 조금 슬퍼요."

그건 동의하지만, 이것만은 어쩔 수 없다. 무슨 음식이든 먹으면 사라진다. 만든 사람한테 감사하면서 먹으면 된다. 사탕 공예를 예쁘다고 생각해 주면 만들어준 아저씨도 기뻐할 것이다.

그리고 피나에게 티루미나 씨네 몫을 고르게 했다.

"슈리와 티루미나 씨, 겐츠 씨에게 드릴 사탕을 골라줘."

"고르기 어렵네요. 하지만 슈리한테는 곰이 좋을 것 같아요. 그리고 엄마와 아빠는 이거랑 이걸로."

티루미나 씨와 겐츠 씨 몫으로는 사과와 딸기 모양의 사탕 공예를 골랐다.

"그리고 이건 피나 몫이야."

나는 곰 사탕 공예를 찬합에서 꺼내 피나에게 건네주었다.

"하지만 전 아까 이미 먹었는걸요."

"그건 그림책을 도와준 보답. 게다가 다 같이 먹고 있을 때 혼자만 못 먹으면 가엾잖아. 다 같이 먹어."

"감사합니다."

피나가 환하게 웃으며 곰 사탕 공예를 받아들었다.

작은 상자를 꺼내주자 피나가 소중히 사탕을 담았다.

화의 나라 기념품을 나눠주기 위해 가게가 쉬는 날 아침 일찍부터 밖으로 나섰다.

첫 번째로 「곰 씨 쉼터」로 향했다.

「곰 씨 쉼터」 2층에는 모린 씨와 카린 씨 모녀. 그리고 그들의 친척인 네린이 살고 있었다.

"유나 씨, 안녕하세요."

"좋은 아침이야."

카린 씨와 네린이 마중을 나와 주었다.

그리고 모린 씨는 시장에 간 것인지 자리를 비운 상태였다.

일단 카린 씨와 네린에게 기념품을 주도록 하자.

"여기, 기념품이에요."

나는 풍경이 담긴 작은 상자를 카린 씨에게 건네주었다.

카린 씨는 작은 상자를 받아들고 뚜껑을 열어보았다. 옆에 있는 네린도 함께 들여다본다.

"예쁘다."

작은 상자 안에는 피나와 슈리가 고른 새 그림이 그려진 풍경이 들어 있었다.

"이게 뭐야?"

네린이 신기하다는 얼굴로 구경한다.

"위쪽에 있는 끈 부분을 들어봐요."

내가 그렇게 말하자 카린 씨는 상자에서 끈 부분을 들고 풍경을 꺼냈다. 그러자 딸랑, 작게 소리가 났다.

"풍경이라고 해서, 매달아두고 소리를 즐기는 거예요."

입으로 설명하는 것보다 듣는 것이 빠르다.

나는 카린 씨에게 풍경을 들게 한 뒤, 바람 마법으로 가볍게 바람을 일으켰다. 그러자 풍경은 딸랑딸랑 울리며 예쁜 소리를 냈다.

"맑은 소리네요."

"게다가 유리도 투명하고 깨끗해."

카린 씨와 네린이 풍경을 빤히 바라보았다.

"바람에 날리니까 창가에 두면 좋아요."

"유나, 고마워요. 예쁘게 장식해 둘게요."

"근데 하나뿐이야?"

네린이 풍경을 보며 물었다.

"여러 개 있으면 반대로 시끄러울 수도 있으니까. 가게에 하나만 있으면 충분할 것 같아."

"그렇구나."

카린 씨와 네린이 어디에 둘지 이야기하기 시작했다.

"안 뺏기게 조심하고."

곰 장식물을 가지고 가려는 손님도 있으니까.

"그렇죠. 조심해야겠네요."

"모린 고모와 상의하는 게 좋을 것 같아."

카린 씨와 네린이 즐거운 얼굴로 풍경을 바라보았다. 마음에 들어 해주니 나도 기쁘다.

그리고 나는 또 하나의 선물을 꺼냈다.

"그리고 여기서 마음에 드는 걸 하나씩 골라줘."

찬합에는 색색의 사탕 공예가 들어 있었다.

"이것도 예쁘네. 장식이야?"

"이건 사탕 공예라고 해서 핥아먹는 사탕 과자야. 달콤하고 맛있어."

"먹는 거야?"

"근데 왜 유나 씨가 있어요?"

여자아이가 곰 인형 옷을 입은 모양의 사탕을 보면서 말한다.

이제는 곰 인형 옷을 입은 것만으로도 나로 보이는 건가.

"내 모습을 보고 만들어 준 거야."

카린 씨와 네린이 신기하다는 얼굴로 곰 인형 옷 사탕 공예를 바라보았지만, 고르지는 않고 꽃 사탕 공예를 손에 들었다. 카린 씨는 빨간색, 네린은 노란색.

두 사람은 사탕 공예를 한참이나 바라보더니 조심스레 사탕 공예를 훑어본다.

"달콤해. 이런 과자도 있었군요. 설마 이걸 가게에 내놓는 건……."

"아니에요."

내 말에 카린 씨는 안심한 얼굴을 했다.

원래 빵집이던 가게에 피자와 감자칩이 추가되면서 케이크까지 만들게 됐다. 이 사탕 공예까지 더해 장사할 마음은 들지 않았다.

애초에 사탕 공예는 쉽게 만들 수 없는 것이다. 이것은 장인만이 할 수 있는 기술이다.

"외출했던 곳에 팔고 있기에 사온 거예요. 보기 드문 과자인 것 같아서."

"왕도에서도 본 적 없어요."

"내가 살던 마을에서도 본 적 없어."

뭐, 화의 나라 과자니까.

가능성이 완전히 없지는 않겠지만 이 나라에서는 희귀한 과자인 것만은 분명하다.

"게다가 이건 장인 정신이 필요한 거라 쉽게 만들 수 없어서 가게에서는 못 팔아요."

그 후 모린 씨의 사탕 공예까지 고르게 한 뒤 안즈네가 지내고 있는「곰 씨 식당」으로 향했다.

“어, 유나 씨. 아침 식사인가요? 뭐 좀 드실래요?”

마중 나온 안즈가 내 모습을 보자마자 그런 말을 해 왔다.

내가 그렇게나 자주 먹으러 오는 걸까? 직접 만들거나 곰 박스에 들어 있는 빵 같은 걸 먹고 있으니까 그렇게 많지는 않을 텐데.

“아니, 괜찮아. 기념품을 좀 가져와서 전해 주려고 온 거야. 다른 애들도 다 있어?”

“있어요. 포르네 씨와 베틀 씨는 방에서 쉬고 계실 거고, 세노 씨는 아마 아직 자고 있을 거예요.”

이른 시간까지는 아니었지만 이미 일어나 있어도 이상하지 않은 시간이었다.

“세노 씨 요즘 취미가 늦잠을 자는 거거든요.”

「곰 씨 쉼터」와 함께 오늘은 정기 휴일이다.

나도 늦잠을 자는 것은 좋아하지만, 귀한 휴일을 잠으로 보내도 괜찮은 걸까? 세노 씨는 젊으니까 어딘가에 나가거나 데이트를 가거나, 여러모로 휴일에 할 만한 일이 많을 것 같은데.

뭐, 휴일이라 늦잠도 잘 수 있는 거겠지만.

세노 씨는 그렇다 쳐도 안즈는 제대로 데이트할 상대가 있을까?

안즈의 아버지인 데거 씨에게는 안즈의 결혼 상대를 찾아달라는 부탁을 받았었다.

"뭔가요?"

내가 안즈의 얼굴을 빤히 바라보고 있자 의아함이 담긴 얼굴로 물어본다.

"안즈는 휴일에 어딘가 외출 같은 건 안 해?"

"당연히 나가죠. 미릴러 마을과 달리 여러 가지 재료가 많아서 크리모니아 마을을 산책하는 건 무척 즐겁거든요."

눈을 반짝이며 말한다.

응, 보아하니 틀렸네.

데거 씨, 제가 안즈의 결혼 상대를 찾아주는 건 불가능할 것 같아요.

안즈가 직접 결혼 상대를 찾을 때까지 느긋하게 기다리는 편이 나았다. 나로서도 안즈가 결혼해서 가게를 그만두면 곤란하니까.

"그나저나 다들 불러올까요?"

"아니, 괜찮아. 안즈가 따로 건네줘."

내가 풍경이 담긴 작은 상자를 내밀자 안즈가 받아들었다.

"열어봐도 되나요?"

"그럼."

안즈가 작은 상자를 열자 금붕어 그림이 그려진 풍경이 나왔다.

"이건 풍경이네요."

"알고 있어?"

"네, 화의 나라 물건이잖아요. 상인이 팔고 있는 걸 본 적이 있어요. 혹시 미릴러 마을에서 사오신 건가요?"

"뭐, 그렇지……."

시선을 살짝 피하며 대답했다.

화의 나라에 가서 사왔다고 할 수는 없으니까.

"확실히 맑은 소리가 나죠. 근데 비싸서 못 샀거든요. 이렇게 귀한 걸 받아도 되나요?"

직접 생산하는 화의 나라에서 사서 저렴하게 샀어, 라고 말할 수도 없었다.

"신경 쓰지 마. 안즈 너희가 늘 열심히 일해 주는 것에 대한 보답이니까."

"감사합니다. 그럼 감사히 받을게요."

안즈가 웃는 얼굴로 풍경을 바라보았다.

"그리고 이것도 같이 사왔으니까 다른 애들 것까지 해서 마음에 드는 걸로 골라줘."

나는 사탕 공예가 들어간 찬합을 꺼내놓았다.

"이게 뭔가요?"

아무래도 사탕 공예는 모르는 모양이다.

"달콤한 과자야."

"이게 과자라고요? 물고기 아닌가요? 과일도 있고, 동물도 있어요. 그리고 이건……."

또 다른 사탕 공예를 바라본다. 바로 곰 인형 옷을 입은 여자아이의 사탕 공예였다.

"유나 씨가 과자가 된 건가요?"

역시 「곰 인형 옷 여자=나」구나.

부정할 수는 없지만.

"그 부분은 신경 쓰지 마. 이걸로 할래?"

"아뇨, 그건 좀."

안즈는 그렇게 말하고는 다른 사탕 공예로 시선을 돌렸다.

그리고 자신의 몫을 포함해 5가지 모양의 사탕 공예를 골랐다.

물고기, 꽃, 새, 나비, 울프 같은 것들. 고른 것도 다 제각각이다.

"다른 애들한테도 이것저것 보여주고 싶어서요."

그런 이유라고 한다.

이따가 다 같이 이 중에서 함께 고른다고 했다.

곰 씨 식당을 뒤로한 나는 고아원으로 향했다.

고아원에 도착하자 연장반 아이들은 꼬끼오를 돌보고 있었다.

나는 방해가 되지 않기 위해 고아원 안으로 들어가 원장 선생님이 계신 방으로 향했다.

"유나 씨, 어서 와요."

원장 선생님은 어린 아이들을 돌보고 있었다. 아이들은 원장 선생님에게 기댄 채 잠들어 있었다. 원장님 옆에 있으면 안심이 되나?

“오늘은 무슨 일인가요?”

“잠깐, 밖에 나갔다 와서 기념품을 사왔어요.”

“늘 정말 감사해요. 유나 씨에게는 매번 신세만 지네요.”

“아니에요. 원장 선생님이 아이들을 잘 돌봐주시고, 그 아이들이 또 열심히 일을 하고 있으니까요.”

“그것도 유나 씨 덕분이죠.”

민망해서 이 이야기는 중단하고 곰 박스에서 풍경이 담긴 작은 상자를 꺼냈다. 그리고 작은 상자를 열어 원장 선생님께 보여주었다.

“창가 같은 곳에 장식해 주세요. 바람이 불면 맑은 소리가 나서 더운 날 들으면 마음이 편안해질 거예요.”

나는 작은 상자에서 풍경을 하나 꺼내 딸랑, 울려 보았다.

“예쁜 소리네요.”

“마음에 든다면 좋겠어요. 몇 개 가져왔으니까 이곳에 장식해 주세요.”

고아원용은 다른 곳과 달리 많이 사왔다.

“아이들도 좋아하겠어요. 감사합니다.”

풍경을 작은 상자에 다시 넣어 원장 선생님께 건네주었다.

그리고 아이들의 인원수만큼 원장 선생님, 리즈 씨, 니프 씨 몫의 사탕 공예를 놓고 갔다.

나누는 것은 원장 선생님께 부탁했다. 일이 끝날 때까지 기다리는 것도 좀 그렇고, 자는 아이도 있을 것이다.

게다가 원장 선생님이라면 아이들이 다투는 일 없이 잘 나눠줄 수 있을 것이다.

원장 선생님은 신기하다는 표정으로 사탕 공예를 구경했다.

역시 음식처럼 보이지는 않는 모양이다.

참고로 곰으로 하면 싸울 것이 뻔했기에 곰을 제외하고 골랐다.

이번에도 곰 인형 옷의 여자아이가 뽑히는 일은 없었다.

고아원을 떠난 나는 노아에게 향했다.

노아의 집에 도착하자 하녀 라라 씨가 노아의 방으로 안내해 주었다.

"유나 언니, 어서 와요!"

내가 방에 들어서자 노아가 환하게 웃으며 맞이했다.

방에는 곰돌이와 곰순이 인형이 장식되어 있었다. 그 옆에는 그림책이 놓여 있다.

그야말로 곰 굿즈 코너나 다름없다.

"오늘은 무슨 일로 오셨어요?"

"잠깐 밖에 나갔다 와서 기념품을 사왔어."

"기념품이요?"

나는 풍경이 담긴 작은 상자를 노아에게 건네주었다.

"감사합니다. 열어봐도 되나요?"

"물론. 마음에 들면 좋겠는데."

“유나 씨가 주는 거라면 뭐든지 기뻐요.”

그렇게 말했지만, 수십 초 후…….

“왜 곰 그림이 아닌 거죠!”

노아에게 선물한 풍경은 파란 물고기 그림이 그려진 것이었다.

“저는 곰 그림이 훨씬 더 좋아요. 유나 언니가 그려주세요!”

“억지 부리지 마.”

말은 그렇게 했지만, 아무것도 그려지지 않은 풍경이 있다면 가능할까?

유리에 그리면 그만이니 불가능한 것은 아니다.

“그럼 노아는 곰이 아니니까 필요 없겠네.”

“필요해요. 고집 부려서 죄송해요.”

풍경을 도로 가져가려 하자 노아는 풍경이 담긴 작은 상자를 가슴에 끌어안고 가져가지 못하게 했다.

“라라, 이걸 창문에 장식해 주세요.”

“알겠습니다.”

받침대를 가져온 라라 씨가 발판을 딛고 올라가 창문 위쪽에 풍경을 달아주었다.

그러자 창문으로 바람이 불어 들어오며 딸랑딸랑 예쁜 음색을 냈다.

“맑은 소리네요.”

“저게 곰이었다면 더 최고였을 텐데요.”

역시 노아가 이렇게까지 곰을 좋아하게 된 것은 내가 원인이겠지.

"그리고 여기서 좋아하는 걸 골라줘."

나는 사탕 공예가 들어간 찬합을 꺼냈다.

상당수가 줄긴 했지만 아직 남아 있었다.

"곰이 있네요! 그리고 유나 언니도! 둘 다 주세요!"

처음으로 두 개를 달라는 말을 들었다.

"하나만 골라."

"윽, 그렇다면 곰으로 할게요."

노아는 평범한 곰을 골랐다.

"어디에 장식할까요?"

"장식하지 말고 먹어."

"아까워서 못 먹겠어요."

"그럼 도로 가져갈게."

저 곰 굿즈 코너에 놔두기라도 하면 곤란하다.

"유나 씨, 짓궂어요."

"딱히 심술부리는 거 아니야. 과자니까 먹지 않으면 상해."

나는 노아가 곰 사탕 공예를 다 먹을 때까지 기다렸다.

"맛있었지만 곰이 사라졌어요."

아쉽지만 음식이니 그것만은 어쩔 수 없다.

참고로 라라 씨도 먹었는데 노아와 같은 소감을 말했다.

그리고 노아에게는 또 하나의 선물이라고 할까, 보여줄 것이 있었다.

“그림책을 그려서 노아한테 보여주려고 했는데.”

분위기를 바꾸듯 그렇게 말하며 그린 그림책을 꺼내보였다.

“그림책이요?!”

“응. 하지만 이건 플로라 씨에게 줄 거니까 아예 줄 순 없어. 보기만 하는 건 괜찮아.”

“그래도 상관없어요. 하지만 새로운 그림책도 복사를 하는 거군요.”

“그럴 생각이야.”

고아원 아이들에게 전해줄 예정이니 엘레로라 씨에게 부탁할 생각이다.

“가능하다면 한 권 주세요.”

뭐, 그렇게 말하겠지.

나는 약속을 하고 피나와 함께 그린 그림책을 노아에게 건네주었다.

노아는 팔랑팔랑 그림책을 넘겨나갔다.

그리고 귀족 여자아이가 나온 타이밍에서 손이 멈췄다.

“이 귀족 여자아이가 저예요?

“그림책에 등장시켜달라고 했잖아. 별로야?”

노아는 고개를 젓는다.

“너무 좋아요.”

노아는 행복한 얼굴로 마지막까지 읽었다.

"여자아이와 친구가 되는군요."

"현실에서도 피나와 노아는 사이가 좋으니까."

내 말에 노아가 기쁘게 웃었다.

537 곰 씨, 팝콘을 만들다

자, 그럼 해볼까?

나는 말려놓은 옥수수를 바라보았다. 타르구이 섬에서 캐온 옥수수를 건조해 둔 것이다. 만져보니 단단하다. 건조는 제대로 된 것 같다.

나는 프라이팬을 준비하고 불을 피운 뒤 기름을 두르고 건조한 옥수수 알갱이를 넣었다. 처음에는 실험에 가까웠기에 넣는 양은 소량이었다.

가볍게 프라이팬 안에서 옥수수 알갱이를 굴렸다.

만약 잘되면 터지면서 팝콘이 생길 것이다.

팝콘을 만들기 위해서는 평범한 옥수수로는 불가능하다.

그래서 이 품종으로 성공할지 어떨지는 해 봐야 알 수 있다.

프라이팬 앞에서 옥수수 씨앗이 팝콘이 되기를 기다렸다.

문득 프라이팬 위에 있는 옥수수 알갱이를 보고 깨달았다.

……이런, 보고 있을 때가 아니지. 뚜껑 덮는 걸 잊고 있었다. 나는 황급히 프라이팬에 뚜껑을 덮었다.

팝콘은 생기는 순간 튕겨나간다.

씨앗 속에 있는 수분이 팽창하면서 폭발한다고 했던가?

만약 이 옥수수에서 팝콘이 생긴다면 뚜껑을 덮지 않으면 큰일이 벌어질 것이다.

하지만 뚜껑을 덮으면 팝콘이 만들어지는 순간을 볼 수 없으니 그 점은 아쉬웠다.

포장마차에서 봤던 것처럼 튀어나가지 않도록 막 같은 걸 만들어두면 괜찮으려나?

그런 생각을 하고 있는데, 프라이팬 안에서 「펑」 튀는 소리가 났다. 하나가 튀자 이어서 「펑! 펑!」 소리를 내며 여러 차례 들려온다.

오, 다행히 팝콘을 만들 수 있는 품종이었나보다.

몇 번이고 「펑! 펑!」 하는 소리가 났다.

프라이팬 안에서는 팝콘이 무사히 만들어지는 것 같았다.

뚜껑을 열고 안을 확인하고 싶은 마음을 꾹 눌러 참았다. 섣불리 뚜껑을 열면 큰일이 벌어질 테니까.

프라이팬을 가볍게 움직이면서 소리가 멈추기를 기다렸다.

잠시 후 소리가 멈췄다.

이제 끝났나?

나는 불을 끄고 천천히 뚜껑을 열었다.

오, 됐다.

모든 알갱이는 아니었지만 제대로 흰색의 팝콘이 만들어졌다.

나는 팝콘에 소금을 솔솔 뿌린 뒤 접시에 올렸다.

자, 그럼 맛은 어떨까?

나는 팝콘을 몇 알 집어 입안에 넣었다.

"앗, 뜨거!"

곰 장갑 때문에 집었을 때는 몰랐는데, 팝콘은 갓 만든 직후라 엄청나게 뜨거웠다.

하지만 입안에 들어간 팝콘은 내가 아는 그 팝콘 맛이었다.

나는 이번에는 조심스럽게 입에 넣었다.

응, 그리운 맛이다. 감자칩에 이어 먹을 과자가 늘었다.

여기에 콜라랑 텔레비전만 있었다면 완벽했을 텐데. 애니메이션이라도 보면서 우아한 하루를 보낼 수 있었을 텐데. 적어도 만화나 소설이 있었다면 은둔형 외톨이의 일상으로 돌아갈 수 있을 텐데 아쉽다.

그래도 잘 만들어져서 다행이다. 나는 입안에 팝콘을 집어넣었다.

소금맛 말고도 카레맛이나 치즈맛도 만들 수 있겠다. 그리고 간장도 있으니까 간장버터맛 같은 것도 괜찮을 것 같다. 과자의 포장지를 떠올리며 이런저런 맛을 생각했다.

아직 옥수수 알갱이는 남아 있으니까 여러 가지 시험해 보는 것도 좋겠지.

그렇게 생각한 나는 맛보기 담당으로 피나를 소환하기로 했다.

나는 소환 도구인 곰 폰을 꺼냈다.

"아, 피나. 지금 괜찮아? 응, 기다리고 있을 테니까 그럼 바로 와."

곰 폰은 편리하네.

원래의 세계에서는 스마트폰을 갖고 있긴 했지만 통화 기능은 거의 쓸 일이 없었다. 이 세상에 와서야 멀리 떨어진 사람과 대화할 수 있는 기능이 편리하다는 것을 새삼 인식했다.

나는 피나가 오기 전에 팝콘을 만들어두기로 했다.

한가롭게 팝콘을 만들고 있는데 숨을 헐떡인 피나가 찾아왔다.

"유, 유나 언니, 무슨 일이에요?"

그렇게 숨까지 헐떡이며 달려올 필요는 없었는데. 나는 이마에 땀을 흘리는 피나에게 수건을 꺼내주었다

"과자를 만들었으니까 맛 좀 봐달라고."

"으, 그렇다면 그렇다고 말해 주세요. 갑자기 지금 괜찮냐고 물어보셔서 괜찮다고 대답했더니 당장 오라고 하시니까……."

내가 그렇게 말했나? 그렇게 말한 것 같기도 하지만, 일단 피나를 의자에 앉히고 찬 과즙을 내주었다. 피나가 과즙을 마시고 진정된 것을 보고 접시 위에 얹은 팝콘을 피나 앞에 내놓았다.

"이게 뭔가요?"

피나가 팝콘을 보고는 그렇게 물었다. 처음 보는 과자이니 어쩔 수 없지.

"팝콘이라는 과자야. 여러 가지 맛을 만들어 봤으니까 먹어봐."

"음, 숟가락은요?"

"숟가락?"

"아니면 포크라도."

설마 팝콘을 먹는데 스푼이나 포크를 달라는 말을 할 줄은 몰

랐다.

확실히 아무런 지식이 없으면 식기가 필요하다고 생각하는 것은 당연한 일일지도 모르겠다.

팝콘을 먹은 뒤엔 감자칩과 마찬가지로 손가락이 끈적거린다. 손이 더러워지지 않게 하려고 젓가락으로 먹는 사람도 있지만, 숟가락과 포크를 사용해서 먹는다는 이야기는 거의 들어본 적이 없다.

"감자칩처럼 손으로 먹으면 좋아."

피나는 자신의 손을 본 뒤 손으로 팝콘을 집어 입안에 넣었다.

"어때?"

"소금 맛이 나요."

그렇겠지.

기본적으로 팝콘에 이렇다 할 맛은 없다.

"그런데 부드럽고 신기한 느낌이에요. 하지만 단단한 부분도 있어요."

아, 알갱이라고 할까, 가끔 딱딱한 부분도 있지.

"여러 가지 양념을 했으니까 먹어봐."

카레맛이나 간장맛, 치즈맛도 있다.

"다 맛있어요."

"다행이다."

"이거 재료가 뭔가요?"

"옥수수야. 전에 먹었지?"

전에 슈리와 타르구이에 갔을 때 따온 옥수수를 테이블 위에 내려두었다.

"네, 삶아 먹으니까 맛있었어요. 얼마 전 화의 나라에서 바비큐를 했을 때도 먹었었죠."

"뭐, 그거랑 좀 다른 종류이긴 한데. 그 알갱이를 말린 다음에 만든 거야."

나는 말린 옥수수 알갱이를 보여주었다. 피나가 옥수수 알갱이를 만지작거린다.

"엄청 단단하네요. 이게 저렇게 부드럽고 하얀 음식이 되는 건가요?"

백문이 불여일견. 나는 피나 앞에서 팝콘을 만들어 보여주었다.

불에 올린 팬에 기름을 두르고 건조한 옥수수 알갱이를 넣는다. 그리고 뚜껑을 덮는다.

잠시 후「펑!」소리가 나자 피나가 깜짝 놀랐다. 이어서「펑, 펑, 펑」연속으로 소리가 나자 피나가 더더욱 눈을 휘둥그레 떴다.

피나의 놀라는 얼굴을 보고 있자 웃음이 나왔다.

"유나 언니, 엄청난 소리가 나는데 괜찮은 거예요?!"

"괜찮아. 지금 뚜껑을 열면 큰일 나."

원래는 유리 뚜껑을 써서 팝콘이 되는 모습을 보여주고 싶었는데.

보여주는 것뿐이라면 한 알로도 충분할지 모른다.

더는 소리가 나지 않아 뚜껑을 열자, 옥수수 알갱이는 사라지고 새하얀 팝콘으로 변해 있었다.

피나는 신기하다는 얼굴로 프라이팬 안을 바라보았다.

“이번에는 조금만 넣을 테니까 봐봐.”

나는 완성된 팝콘을 접시에 옮겨두고 3알 정도만 팬에 넣었다.

이번에는 뚜껑을 덮지 않고 팝콘을 만들었다.

그리고 조금 시간이 지나자「펑!」소리가 나며 튀어 오른 팝콘이 프라이팬 위에서 튀어나와 주방 위로 굴러갔다.

“보다시피 이렇게 되니까 뚜껑이 필요한 거야.”

“저 단단한 알갱이가 이렇게 되다니 너무 신기해요.”

피나는 신기한 얼굴로 팝콘을 바라보았다.

그리고 남은 팝콘은 함께 오지 못한 슈리에게 주는 선물 삼아 들려 보냈다. 물론 티루미나 씨나 겐츠 씨가 먹어도 상관없다.

다만 피나에게 이 말 한마디만은 전해 두었다.

“딱히 가게에 낼 생각은 없다고 티루미나 씨에게 말해둬.”

티루미나 씨는 새로운 음식을 보면 가게에 내놓으면 어쩌나 걱정하기 일쑤였기에 이 말을 함께 전해달라고 부탁했다.

이 이상 가게 일을 늘리면 아이들이 힘들어지고 빵집이 이상한 쪽으로 흘러가 버린다. 낸다면 학원 축제 때 음식이나 포장마차 정도겠지.

538 곰 씨, 왕도에 가다

팝콘을 만든 다음 날, 나는 그림책과 화의 나라 기념품을 플로라 님에게 전달하기 위해 곰 이동문을 이용해 왕도로 향했다.

왕도는 화의 나라에 가기 전에 들렀던 곳이라 그렇게 오랜 시간이 지나지 않았는데도 어쩐지 그립다.

이것도 화의 나라에서 여러 일들이 있었기 때문일까.

그건 그렇고 크리모니아에 돌아왔을 때도 생각한 것인데, 문화가 다르면 건물도 복장도 이렇게나 다르구나. 화의 나라 땐 교토에 있는 느낌이었는데, 이쪽은 서양식 게임 속이라는 느낌이다.

하지만 화의 나라나 왕도나 똑같은 것이 있다. 바로 이것.

「곰?」「곰?」「곰?」「베어?」 하는 소리가 들려왔다.

곰 인형 차림이 드문 것은 만국 공통인 모양이다. 그런 부분만 똑같지 않아도 되는데. 물론 주변에 인형 옷을 입은 사람이 가득하면 그것도 싫지만.

나는 곰 후드를 깊숙이 눌러쓰고 주위의 시선을 무시하며 성으로 향했다.

그리고 평소처럼 성문으로 가자 병사들이 말을 걸어온다.

"플로라 님을 만나러 왔는데 괜찮을까?"

병사의 허락을 받자 한 병사가 달려갔다.

평소와 같은 광경이다.

기념품은 사탕 공예가 있으니까 괜찮은데, 먹을 것이 없으면 어떡하지?

그런 생각을 하면서 곧장 플로라 님의 방으로 향했다.

스쳐 지나가는 사람에게 가볍게 고개 숙여 인사하며 방에 도착한 나는 문을 두드리며 말을 걸었다.

"유나예요. 들어가도 되나요?"

"유나?!"

방 안에서 달려오는 소리가 났다. 곧 문이 힘차게 열렸다.

문 너머로 나타난 것은 플로라 님도 아니고 안쥬 씨도 아니었다.

"티리아?"

문으로 얼굴을 내민 것은 축제 때 만난 티리아였다.

티리아는 플로라 님의 언니이자 국왕의 딸. 공주님이다.

"유나, 어서 와요."

"왜 플로라 님 방에 티리아가 있어?"

티리아는 공주님이지만 이름을 불러도 된다는 허락을 받았다.

본인이 그렇게 불러달라고 했으니 어쩔 수 없다.

"여동생 방 정도는 놀러올 수 있지. 그나저나 유나는 플로라를 만나러 온 거야?"

"잠깐, 기념품 좀 주러."

"유나는 플로라에게 약하다니까."

"그런 거 아니야."

나는 부정한 뒤 방 안으로 들어갔다.

"곰 님!"

방 안으로 들어서자 플로라 님이 나를 발견하고 달려왔다. 그리고 내 부드러운 배에 안겨왔다.

정정한다. 내가 입고 있는 곰 옷의 부드러운 배에 안겨왔다.

내 배와 곰 인형 옷의 배 사이에는 하늘과 땅 같은 차이가 있다. 나는 플로라 님의 머리를 쓰다듬었다.

"잘 지냈어요?"

말은 그렇게 했지만 2주 만인가?

"응!"

플로라 님은 씩씩하게 대답했다. 그런 그녀의 품 안에는 곰순이 인형이 안겨 있었다. 이렇게 잘 써주는 모습을 보니 기쁘네.

"유나 님, 어서 오세요."

안쥬 씨가 환영의 인사를 했다.

안쥬 씨도 같이 있었구나.

"방해했나요?"

"아뇨, 플로라 님도 기뻐하시니 언제든지 환영이에요. 그럼 차를 준비할 테니 플로라 님을 잘 부탁드립니다."

안쥬 씨는 가볍게 고개를 숙인 뒤 차를 준비하러 갔다.

나는 플로라 님을 데리고 의자로 이동했다. 그 뒤를 티리아가 따라왔다.

“정말 플로라가 잘 따르네. 플로라, 유나가 그렇게 좋아?”

“응, 곰 님 너무 좋아.”

그렇게 대놓고 말하니 조금 민망한 기분이 든다.

하지만 곰 인형 옷을 벗으면 이런 말을 듣지는 않겠지.

귀여운 캐릭터를 좋아하는 것이지, 내용물이 누구든 상관없을지도 모른다. 그렇게 생각하니 살짝 우울했다.

“그래서 오늘은 뭘 가져왔어?”

“그림책 다음 권이요. 그리고 조금 멀리 외출했을 때 희귀한 물건을 얻었거든요.”

그림책과는 별도로 화의 나라에서 사 온 사탕 공예와 풍경을 전해 줄 생각이었다.

“그림책?!”

플로라 님이 반응했다. 역시 그림책을 기대하며 기다려준 것일까?

“멀리 외출했다니, 어디에 갔었어?”

“뭐, 그냥 조금.”

화의 나라에 관한 일은 설명할 수 없었기에 대충 얼버무렸다.

“그러고 보니 티리아는 어떻게 지내? 학원은?”

“쉬는 날이야.”

그래서 사복을 입고 있구나.

사복이라고 해도 일반 서민들이 입는 옷은 아니었다.

드레스와는 다르지만 왕족다운 예쁜 옷이다.

뭐, 공주라고 해도 평소에 늘 드레스를 입지는 않겠지.

그림책을 먼저 주려고 했지만, 그림책에 관심이 쏠려 풍경에 관심을 가져주지 않는다면 슬플 것 같았기에 풍경을 먼저 주기로 했다.

곰 박스에서 풍경이 담긴 작은 상자를 꺼냈다. 플로라 님이 작게 고개를 갸우뚱하며 물었다.

"그림책이 들어 있어?"

"그림책은 안 들어 있어요."

나는 작은 상자의 뚜껑을 열었다. 안에서 투명 유리에 붉은색 꽃이 그려진 풍경이 나왔다.

플로라 님이 작은 몸을 뻗어 상자 안을 들여다보았다.

"이게 뭐야?"

"풍경이라고 해서, 바람이 불면 흔들리면서 소리가 나는 물건이에요."

나는 상자에서 풍경을 꺼내 가볍게 흔들어 소리를 울려 보았다.

딸랑딸랑 소리가 울렸다.

"소리가 이쁘네."

"창가에 장식하면 바람에 흔들려서 소리가 나요."

다시 한번 흔들어 본다.

"정말 예쁜 소리가 나네. 내 건 없어?"

티리아가 갖고 싶다는 얼굴로 나를 바라보았다.

"……없어."

나는 눈을 돌리며 대답했다.

티리아의 몫은 생각하지 못했기에 어쩔 수 없다.

"역시 유나는 플로라한테만 약하다니까."

나는 티리아의 말은 흘려듣고 차를 가져온 안쥬 씨에게 말을 건넸다.

"안쥬 씨, 나중에 방 창가에 장식해 주시겠어요? 만약 소리가 시끄럽다면 빼도 상관없고요."

바람이 세면 풍경 소리도 소음이 된다. 산들바람 정도가 딱 좋다.

"네, 알겠습니다."

나중에 해도 된다고 했는데 안쥬 씨는 바로 행동에 나섰다

안쥬 씨가 의자를 창가로 옮기더니 의자 위에 서서 풍경을 창가에 달아주었다. 안쪽에 달아두었기 때문에 창문이 열려 있을 때만 소리가 날 것이다.

다들 풍경 달린 창가를 바라보았다.

딸랑딸랑, 풍경이 바람에 흔들리며 소리가 났다.

여름 느낌이 물씬 나네. 집에 풍경 같은 건 없었는데도 풍경 소리를 들었을 때 여름을 느끼는 것을 보면 역시 난 일본인이라는 걸까.

바람이 불며 딸랑딸랑 소리가 나자 플로라 님도 환하게 웃어 보

였다.

우리는 안쥬 씨가 끓여준 차를 마시며 풍경 소리를 들었다.

그리고 또 하나, 화의 나라에서 사온 기념품을 곰 박스에서 꺼냈다.

"뭐가 들었어?"

"과자."

티리아의 질문에 답해 주었다.

"후후, 드디어 유나의 선물을 먹어볼 수 있겠네. 그동안은 늘 내가 없을 때 왔으니까."

티리아는 학생이다. 내가 올 때는 대부분 학원에 있는 경우가 많았기에 만날 수 없는 것은 어쩔 수 없는 일이다.

내가 사탕 공예가 들어간 찬합의 뚜껑을 열자 그 안에는 다양한 모양의 사탕 공예가 들어 있었다. 고아원 아이들까지 나눠줬는데도 포장마차에 있던 사탕 공예를 전부 다 샀기 때문에 아직 남아 있었다.

티리아와 플로라 님이 찬합 속을 들여다보았다.

"예쁘다."

"우와, 꽃이랑 새다."

"과일이나 물고기도 있네. 이거 음식이야?"

"설탕 과자라고 해야 하나? 핥아먹는 건데 달고 맛있어."

나는 찬합 속에서 사탕 공예 하나를 꺼냈다.

곰 인형 옷 모양의 사탕 공예다. 조금 부끄럽지만 플로라 님한테 내밀었다.

"곰이다."

"유나 모양이네."

"뭐, 나를 모티브로 해서 만들어 준 거니까."

"플로라, 잘됐네."

하지만 플로라 님은 곰 인형 옷 사탕 공예를 손에 든 채 빤히 바라보았다.

"왜 그래?"

"곰 님을 먹어?"

"과자니까요."

혹시 이거, 노아랑 같은 느낌인가?

"먹으면 사라져?"

"먹으면 사라지죠."

"윽, 그럼 안 먹어."

플로라 님은 곰 인형 옷 사탕 공예를 나에게 돌려주었다.

"그럼 내가 먹을까."

"곰 님 먹으면 안 돼!"

곰 인형 옷 사탕 공예에 손을 뻗는 티리아를 보며 플로라 님이 소리쳤다.

"알았으니까 그렇게 소리치지 마. 안 먹을게."

"정말?"

"정말."

내가 먹히는 것이 가엾다고 생각해 주는 그 마음은 조금 기뻤다.

"그럼 둘 다 좋아하는 걸로 골라보세요."

내가 그렇게 말하자 티리아는 붉은 꽃 사탕 공예를 손에 들었다.

"플로라 님도요."

나는 찬합을 플로라 님 앞에 내밀었다.

플로라 님은 끙끙대며 고민하는가 싶더니 결국 티리아와 같은 꽃 사탕 공예를 손에 들었다. 언니랑 똑같은 게 좋은가? 색깔은 파란색이다.

플로라 님은 그대로 입안에 넣고 먹기 시작했다.

"달콤하다."

플로라 님이 활짝 웃는다.

"그런데 정말 예쁘다. 먹기 아까워."

"음식이니까 먹지 않는 게 더 아깝지."

사탕 공예는 예술작품이지만 음식이다. 먹지 않으면 만든 사람에게도 미안하다.

사탕 공예를 입에 넣은 티리아는 플로라 님과 같은 반응을 보인다. 자매 맞네.

"안쥬 씨도 골라보세요."

"괜찮나요?"

"만약에 지금 먹기 힘들 것 같으면 나중에 드세요. 괜찮다면 자녀분 것도 고르셔도 괜찮아요."

"감사합니다."

안쥬 씨는 미안해하면서도 동시에 기쁜 얼굴을 했다.

그리고 젤레프 씨 몫의 사탕 공예도 전해 두었다. 참고로 레시피는 없다는 것을 미리 전해 두었다.

내가 만든 것이 아니니까 레시피는 없다. 나중에 혹시 물어봐도 곤란하니까.

나도 사탕 공예를 손에 들고 먹고 있는데, 노크도 없이 문이 열렸다. 예상대로 국왕 폐하의 등장이다. 옆에는 왕비님의 모습도 있었다.

이 나라, 정말 괜찮은 건지 살짝 불안하다.

동시에 풍경 소리가 딸랑딸랑 소리를 냈다.

"뭐지. 이 소리는?"

"유나가 준 선물이에요."

티리아가 창가에 장식된 풍경에 눈길을 돌렸다. 바람이 불며 딸랑딸랑하는 소리가 났다.

"좋은 소리로군."

"소리를 즐기는 거니까요."

풍경 소리를 들으며 국왕 폐하와 왕비도 자리에 앉았다. 그리고 테이블 위에 있는 찬합을 바라본다.

"늦지 않게 도착한 것 같군."

국왕은 찬합을 들여다본 순간 얼굴을 찡그린다.

"이게 뭐지? 꽃에 물고기? 동물과 과일?"

"사탕 공예라고 하는 과자에요. 설탕 과자라고 하면 알까요?"

티리아에게도 해 주었던 설명을 똑같이 했다. 그 말 외에는 설명할 방법이 없었다.

"엄청 달고 맛있어."

플로라 님이 활짝 웃는 얼굴로 국왕에게 그렇게 말한다.

"마음에 드는 걸 골라도 돼요. 여러 모양과 색깔이 있지만 맛은 똑같으니까."

국왕 폐하와 왕비님은 고민하면서도 사탕 공예를 손에 들었다.

"아름답구나."

"곰까지 있군."

"어머, 이 여자애는 곰처럼 생겼어."

두 사람은 곰을 본 뒤 곰 옷을 입고 있는 여자아이 사탕 공예를 보았다.

"그런데 정말 과자인가? 나를 속이는 것 아닌가?"

두 사람 다 사탕 공예의 아름다움에 음식이라는 사실을 의심했다.

"먹어보면 알 거예요."

국왕은 새 모양 사탕 공예를 손에 들고는 신기하게 바라보았다.

"어머, 맛있어라. 정말 설탕 과자처럼 달콤하구나."

국왕 폐하가 당황하는데, 그 옆에서 왕비님이 사탕 공예를 입에 넣었다.

그것을 본 국왕 폐하도 먹기 시작했다.

539 곰 씨, 시아를 만나러 가다

국왕 폐하와 왕비님, 티리아는 거리낌 없이 두 번째 사탕 공예에 손을 뻗었다.

남아 있으니 상관은 없었지만 당분 과다 섭취는 건강상 좋지 않기 때문에 사탕 공예가 들어 있는 찬합은 다시 집어넣었다.

국왕 폐하는 아쉬워했지만, 어른이 된 후에 단 음식은 더욱 조심해야 한다.

나는 플로라 님이 사탕 공예 한 개를 다 먹은 것을 확인하고 곰 박스에서 그림책을 꺼냈다.

"새 그림책이에요."

그림책을 내밀자 플로라 님이 기쁘게 받아들었다.

"곰 님, 고마워."

플로라 님은 활짝 웃으면 그림책을 읽기 시작했다.

"내가 아는 그 곰 그림책?"

티리아는 의자에서 일어서더니 플로라 님 쪽으로 이동했다.

"플로라, 나도 좀 보여줘."

티리아가 그림책으로 손을 뻗었다.

하지만 플로라 님은 몸으로 그림책을 지키려고 한다.

"가져가면 안 돼!"

"잠깐만."

"안 돼!"

"그럼 같이 보게 해 줘, 그럼 괜찮지?"

티리아가 부탁하자 플로라 님은 그림책과 티리아를 번갈아 바라보았다.

"응, 좋아."

티리아는 플로라 님의 머리를 쓰다듬더니 의자를 플로라 님 옆으로 옮겨 앉았다. 그리고 함께 그림책을 보기 시작했다.

사이좋은 자매다.

"모험가?"

플로라 님이 중얼거린다.

아무래도 모험가를 모르는 모양이다.

"음, 마물을 쓰러뜨리는 사람을 말해."

옆에 있던 티리아가 알려준다.

아직 플로라 님에게는 모험가라는 말은 어려웠을지도 모르겠다.

하지만 티리아의 설명을 들어도 플로라 님은 영 감이 안 오는 모습이다.

티리아는 잠시 생각하다가 무언가 떠올랐다는 표정을 짓는다.

"플로라를 지켜주는 기사 같은 거야."

"기사?"

"응, 기사."

"싸우는 사람이지."

거기까지 설명하자 플로라 님도 이해한 것 같았다.

내가 아는 평범한 상식도 어리면 모르는 경우도 있다.

뭐, 그 부분은 함께 읽어주는 사람이 알려주면 되겠지.

그리고 플로라 님은 티리아에게 이것저것 물어보며 그림책을 계속 읽어나갔다.

"안쥬 씨, 나중에 엘레로라 씨에게 복사해 달라고 전해 주세요."

"네, 나중에 전해 놓겠습니다."

내 말에 새 차를 끓이던 안쥬 씨가 기쁜 표정을 지었다. 안쥬 씨도 그림책을 갖고 싶었나 보다.

"그러고 보니 엘레로라 씨는요?"

평소 같으면 국왕 폐하와 함께 왔을 텐데. 오늘은 모습이 안 보인다.

"그 녀석은 일이다. 오늘은 밖에 나가 있을 거다."

일하고 있구나. 그런 드문 일도 있다니, 오늘은 어쩌면 비가 올지도 모르겠다.

그나저나 오지 않는다면 엘레로라 씨 몫의 사탕 공예는 따로 빼두는 편이 나으려나? 나중에 불평을 들어도 곤란하니까.

사탕 공예를 다 먹은 국왕 폐하는 일을 하러 돌아갔고, 왕비님도 볼일이 있다며 방에서 나갔다.

안쥬 씨는 사탕 공예를 들고 젤레프 씨에게로 향했다.

나는 플로라 님과 티리아의 부탁을 받아 평범한 사이즈의 곰돌이와 곰순이를 소환했다.

두 사람은 각자의 품에 곰을 껴안았다.

"부드러워. 행복해."

티리아는 곰돌이의 배에 얼굴을 파묻었다.

그것을 흉내내듯 플로라 님도 곰순이의 배를 껴안는다.

방이 넓으니 곰돌이와 곰순이를 소환해도 거뜬해서 좋았다.

"곰이랑 같이 성을 산책하고 싶어."

"그런 짓을 하면 난리가 나니까 안 돼."

티리아가 플로라 님의 요청을 거절했다.

"으, 하긴 곰돌이를 본 기사들이 곰돌이와 곰순이를 공격하기라도 하면 곤란하겠네."

"곰 님이 공격당해?"

"방 밖으로 나가면 그렇게 될지도 모른다는 거야."

"곰 님, 밖으로 나가면 안 돼."

티리아의 말을 들은 플로라 님은 곰순이를 꾹 끌어안고 아무데도 보내지 않으려 했다.

곰순이는 「크응~」 하고 울며 배에 달라붙어 있는 플로라 님의 머리에 부드럽게 손을 얹었다.

"이렇게 사람을 잘 따르는 곰도 굉장하다고 생각했는데, 말까지 이해할 수 있는 곰이라니 쉽게 믿을 수 없겠지. 곰 님, 나를 등에 태워줄래?”

티리아가 부탁하자 곰돌이는 자리에 앉아 타기 편하도록 해 주었다.

“고마워.”

티리아는 감사 인사를 하고 곰돌이의 등에 올라탔다.

“언니, 치사해. 나도 타고 싶어.”

플로라 님의 말을 듣고 곰순이도 앉아주었다. 플로라 님이 타려고 했지만, 자리에 앉은 곰순이도 너무 높아서 쉽게 타지 못했다.

나는 플로라 님의 허리를 잡아 들어 올려 곰순이의 등 위에 올려주었다.

“곰 님, 고마워.”

그리고 곰돌이와 곰순이를 탄 두 사람은 방안을 돌아다녔다.

오늘은 특별한 예정도 없었기에 플로라 님과 티리아와 느긋하게 보냈다. 한바탕 놀다가 지친 것인지 플로라 님은 곰순이 위에서 기분 좋은 표정으로 잠들어 있었다.

돌아온 안쥬 씨가 부드럽게 미소 짓더니 플로라 님을 안아 올려 침대에 눕혀주었다.

“곰 님…….”

잠꼬대를 한다. 곰 님이라면 날 말하는 걸까? 아니면 조금 전까지 같이 있었던 곰순이를 말하는 걸까?

침대 위에 누운 플로라 님은 안쥬 씨가 바로 옆에 놓아둔 곰순이 인형을 무의식중에 끌어안았다.

그 얼굴은 무척 행복해 보였다.

"그럼 난 이만 돌아갈게."

"유나, 오늘은 고마웠어. 다음에도 내가 있을 때 놀러와."

"뭐, 타이밍이 맞으면. 플로라 님한테 나중에 또 온다고 전해 줘."

"일어났을 때 유나랑 곰돌이랑 곰순이가 없으면 울 지도 모르겠네."

"괜찮아. 그때를 위한 인형이니까."

플로라 님은 곰순이 인형을 꼭 끌어안고 있었다.

티리아와 헤어진 나는 성을 나섰다.

시간은 아직 있다. 학원이 쉬는 날이라는 것은, 다시 말해 외출만 하지 않았다면 집에 시아가 있다는 뜻이었다. 풍경과 사탕 공예 기념품도 있으니 시아를 보러 가기로 했다.

만약 없다면 하녀인 스릴리나 씨에게 기념품을 건네주면 되겠지. 그리고 엘레로라 씨 것도 넘겨주어야 한다. 나중에 불평을 들어도 귀찮으니까.

엘레로라 씨의 저택에 도착하자 하녀 스릴리나 씨가 마중을 나왔다.

"시아는 있나요?"

"네, 지금은 화단 쪽에 계세요."

나는 스릴리나 씨의 안내를 받아 화단이 있는 정원으로 이동했다.

"유나 씨, 어서 오세요."

나를 알아차린 시아가 반갑게 돌아섰다.

그 얼굴에는 흙먼지가 묻어 있었다.

"뭐 하고 있었어?"

"화단을 깨끗하게 가꾸고 있었어요."

"저 혼자 하려고 했는데 시아 님이 도와주신다고 하셔서요."

"학원이 쉬는 날이라 도와준 거예요."

잡초는 깨끗이 정리되었고 화단에는 예쁜 꽃이 피어 있었다.

하지만 귀족 아가씨가 화단 일을 돕다니, 내가 만화나 소설에서 알고 있는 귀족과는 느낌이 다르다.

"여기 혹시 제가 만들었던 화단인가요?"

국왕 탄신제 때 방문해서 스릴리나 씨의 도움으로 화단을 만든 적이 있었다. 그때 그 화단에 꽃이 피어 있다.

"네, 유나 씨 덕분에 예쁜 꽃을 피울 수 있었습니다."

스릴리나 씨가 기뻐했다.

"스릴리나 씨가 열심히 키운 덕분이겠죠."

"매일 열심히 가꿨으니까요."

시아의 말에 스릴리나 씨가 약간 수줍은 표정을 지어 보였다.

"그럼 차를 준비할 테니 집 안으로 들어가실까요? 시아 님은 방에 가기 전에 손과 얼굴을 씻고 와 주세요."

시아가 볼에 손을 비비자 얼룩이 희미하게 번졌다.

그것을 본 나와 스릴리나 씨는 미소를 지었다.

방으로 안내받은 뒤 의자에 앉아 있는데 시아가 방으로 들어왔다.

"으, 피곤해라."

시아가 의자에 앉았다.

얼굴은 깨끗해졌다.

역시 미소녀다.

"시아 님, 오늘은 감사했습니다. 덕분에 빨리 끝났습니다."

스릴리나 씨가 차를 가져오며 시아에게 감사를 표했다.

"나도 재미있었어."

노아도 그렇고 시아도 그렇고 다들 상냥한 아이들이다.

시아는 목이 말랐는지 스릴리나 씨가 내어준 차를 들이켰다.

"일한 후에 마시는 차는 맛있죠. 그나저나 유나 씨는 무슨 일이세요. 볼일이 있으신가요? 물론 볼일이 없어도 언제든지 와 주셔도 괜찮지만요."

비슷한 대사를 노아에게 들은 적이 있다. 역시 자매네.

"왜 웃으세요?"

"아무것도 아니야. 오늘은 시아에게 줄 기념품을 가져왔어."

나는 우선 풍경이 담긴 작은 상자를 꺼냈다.

"이게 뭔가요?"

"풍경이라는 건데, 소리를 즐기는 물건이야."

노아나 티리아, 다른 아이들에게 했던 설명을 똑같이 반복했다.

설치할 장소는 나중에 생각하기로 하고, 지금은 임시로 이 방의 창문에 설치해 보았다.

이미 열려 있는 창문 사이로 바람이 들어오자 풍경이 딸랑딸랑 소리를 내며 노래했다.

"맑은 소리네요."

"바람이 많이 불면 시끄럽긴 하지만. 가끔 부는 바람이 풍경을 울려주면 듣기 좋거든."

오늘은 풍경을 듣기 좋은 날씨인지 계속 예쁜 소리를 들려주었다.

시아와 스릴리나 씨는 풍경 소리를 조용히 감상했다.

"그리고 같은 마을에서 사온 건데, 이건 먹는 거야."

나는 곰 박스에서 사탕 공예가 들어간 찬합을 꺼냈다.

"음식이요?"

"달콤한 과자야. 화단 손질하느라 피곤해 보이던데 딱 지금 먹기 좋겠네."

피곤할 때는 단 음식이 제격이다.

나는 찬합의 뚜껑을 열었다. 수는 꽤 줄었지만 남아 있었다.

다음에 화의 나라에 가면 또 사둘까?

"이건가요? 정말 과자예요?"

찬합 속을 들여다본 시아는 지금까지 건네줬던 모두와 똑같은 반응을 보였다.

"달고 맛있어. 맛은 똑같으니까 좋아하는 걸로 골라."

시아는 신기하다는 표정으로 사탕 공예를 보고는 토끼 모양의 사탕 공예를 손에 들었다.

"예뻐요, 먹기 아깝네요."

"스릴리나 씨도 드세요."

나는 스릴리나 씨에게도 추천한다.

"그럼 감사히 받도록 하겠습니다."

스릴리나 씨도 의자에 앉아 노아와 똑같이 생긴 붉은 꽃 사탕 공예를 손에 들었다.

그리고 시아와 스릴리나 씨는 사탕 공예를 입에 넣었다.

"……맛있다."

"네. 달고 맛있어요."

"유나 씨는 단 음식을 좋아하시네요."

"그런가?"

내가 보기엔 그렇게 많이 먹는 것 같지는 않은데.

"네. 축제 때도 솜사탕을 알려주셨고, 푸딩도 케이크도 다 달콤한 과자잖아요."

그런 말을 듣고 보니 달콤한 과자가 의외로 많다.

하지만 감자칩과 팝콘도 만들었다.

그것을 증명하기 위해 팝콘을 꺼냈다.

"이건 뭔가요?"

"팝콘이라는 과자야. 이건 안 달아."

"음, 손으로 집어서 먹으면 되나요?"

그렇지. 시아는 귀족 아가씨다. 기본적으로 손으로 집어먹는 짓은 하지 않는다.

"응, 손으로 집어서 먹는 건데 좀 끈적거릴 수도 있어."

"시아 님, 숟가락을 갖다 드릴까요?"

"그냥 먹을게."

시아는 팝콘에 손을 뻗어 몇 알을 집어들고 입안에 넣었다.

"짜고 부드러워요. 이것도 유나 씨가 만든 건가요?"

"아까 사탕 공예는 아니지만 이건 내가 만든 거야."

"제가 모르는 음식이 많네요."

시아와 스릴리나 씨는 풍경 소리를 들으며 사탕 공예와 팝콘을 먹었다.

아무래도 둘 다 마음에 든 모양이다.

그리고 잊지 않고 엘레로라 씨가 먹을 사탕 공예를 스릴리나 씨에게 전해두었다.

엘레로라 씨 것도 건네주지 않으면 다음에 왔을 때 한소리 들을지도 모르니까 말이지.

540 곰 씨, 시아에게 교류회 이야기를 듣다

"마침 다음 주부터는 왕도에 없을 예정인데, 유나 씨가 오늘 와 주셔서 다행이에요."

사탕 공예와 팝콘을 맛있게 먹으면서 티리아와 같은 말을 들었다.

자유롭게 움직이는 내가 학원 방학 시즌에 맞춰 오기는 어려웠으니까.

하지만, 다음 주?

"다음 주에 무슨 일 있어?"

"유파리아 마을에 가서 한동안 왕도에 없거든요."

유파리아 마을? 어디선가 들어본 것도 같고 아닌 것도 같은데.

머리 한구석에 걸리는 느낌이다.

"그 유파리아라는 마을에는 뭐 하러 가는 건데?"

"이번에 유파리아에 있는 학원과 마법 교류회가 열려요. 뭐, 간단히 말하자면 양쪽 학원의 학생들이 마법 실력을 보여주며 경쟁하는 것이 목적이에요. 그 교류회의 대표로 제가 뽑혔거든요."

"다른 학원과의 교류회라. 그런 게 있구나."

"지면 내년에는 이기기 위해 노력하죠. 이기면 내년에도 또 이기기 위해 노력하고요. 어느 학원의 학생도 물러서지 않아요. 선배들에 의해 대대로, 오랫동안 이어져 온 전통이니까요."

가끔 만화에서 근처에 있는 학원들끼리 스포츠나 문화제를 겨루기도 하던데, 그런 느낌인 걸까?

"그런 교류회의 대표로 뽑혔다니 시아는 대단하네."

"선택받은 이유에는 귀족이란 신분도 들어있을지 모르겠어요."

"그렇지 않습니다. 시아 님이 얼마나 열심히 연습하셨는지 다 알고 있는 걸요. 정정당당히 실력으로 뽑히신 겁니다."

말을 듣고 있던 스릴리나 씨가 시아의 말을 부인했다.

"하지만 유나 씨가 학원에 다녔다면 유나 씨는 무조건 뽑혔을 것 같아요."

유감스럽지만 나는 학원에 다니지 않는다.

"근데 유파리아라는 곳, 어디서 들은 기억이 있는데."

어쩐지 아까부터 머리 한구석에 걸린다.

"아마 그때 아닐까요?"

"그때?"

그때라면, 어느 때?

나는 고개를 갸우뚱했다.

"유나 씨가 모두와 함께 미릴러 마을 바다에 간 적이 있었잖아요."

피나, 노아, 고아원 아이들과 미릴러 마을로 사원 여행을 간 적이 있었다. 그때 시아도 함께 있었다.

그런데 그게 유파리아 마을과 무슨 관계가 있지?

"기억 안 나세요? 유나 씨가 루리나 씨를 초대했을 때 수영복

얘기가 나왔잖아요. 그때 루리나 씨가 유파리아에 다녀온 덕분에 수영복을 갖고 있다고 했고요."

……톡.

나는 곰 장갑을 때렸다.

아, 그런 대화를 나눈 기억이 났다. 루리나 씨의 수영복은 어떻게 하나 걱정하고 있을 때, 호수가 있는 마을이 있는데 마침 그 마을에서 수영복을 사둔 덕분에 갖고 있다는 말을 들었다.

루리나 씨한테 들었던 마을 이름이 유파리아였구나. 그래서 희미하게 기억에 남아 있던 것이다.

"시아, 기억력 좋네."

"유나 씨의 곰 골렘 마차였나요? 그때 그 인상이 강해서 유나 씨와 루리나 씨의 대화를 왠지 모르게 기억하고 있었어요."

시아가 웃으며 대답했다.

기억력이 좋다.

"그나저나 그런 교류회가 있구나. 재미있겠다."

만화라면 학원 배틀물이다. 아니면 각 동아리끼리 겨루는 운동회라든가.

"유파리아 마을에 가는 건 기대되지만, 교류회는 학원의 모든 아이들의 마음을 짊어지고 가는 거라 걱정이 많이 돼요. 그럼 유나 씨도 참석해 보시겠어요?"

"난 학생이 아닌걸."

"그건 제가 축제 때 선물한 교복을 입으면 되죠."

시아가 준 교복은 곰 박스 안에 들어 있었다.

"다른 학생이나 선생님한테 혼날 거야."

"그건 유나 씨의 실력을 보여주면 납득할 거예요."

유감스럽게도 내 실력은 아니다. 곰 치트의 힘이다. 곰 장비가 없으면 마법을 쓸 수 없으니까.

"정중히 거절할게."

"아쉽네요. 유나 씨가 나오면 틀림없이 이길 수 있을 텐데."

"그 부분은 시아가 힘내줘."

내 말에 시아가 쓴웃음을 지었다.

하지만 학원끼리의 시합. 궁금한 건 맞았다.

"응원하러 가도 돼?"

"응원이요?"

시노부 정도의 실력을 가진 학생들이 많을 것 같지는 않지만, 또래의 마법 실력을 알 수 있는 좋은 기회였다.

왕도의 학원이든 유파리아 마을의 학원이든 한번 봐두는 것도 좋겠지. 축제에서도 마법을 쓰는 것은 봤지만, 전력은 아니었고 경쟁하는 것도 아니었으니까.

"그렇지. 노아도 같이 데려갈까? 그렇다면 시아도 의욕이 생기지 않을까? 그보다 우리가 가도 볼 수 있으려나?"

학원 운동회 같은 거라면 관계자 이외에는 출입할 수 없는 것이 일반적이다. 노아는 볼 수 있어도 내가 보지 못하면 의미가 없다. 하지만 학원 축제처럼 일반인에게도 개방하고 있다면 나도 볼 수 있었다.

"학생이나 관계자라면 괜찮으니까 제 관계자로서 견학은 할 수 있어요."

"그럼 가볼까?"

요즘 피나만 데리고 다녔으니까. 이럴 때 아니면 노아를 데려다 줄 기회가 없었다. 노아도 시아를 보고 싶을 테고.

"하지만 노아를 크리모니아에서 데려오는 게 힘들지 않을까요?"

"곰돌이와 곰순이가 있으니까 괜찮아. 게다가 노아는 기본적으로 눈치가 빠른 아이니까."

안 된다고 하면 볼을 부풀리면서도 결국 수긍한다. 불필요한 고집을 부리지는 않을 것이다.

하지만 곰 한정으로는 폭주한다는 것이 문제였다.

"그럼 만약 노아가 오게 된다면 수영복도 잊지 말라고 전해 주세요."

"수영을 할 수 있어?"

"네, 아직 수영할 수 있을 거예요. 매년 교류회가 끝난 후에는 다 같이 수영을 한다는 이야기를 들었거든요."

"혹시 시아는 처음이야?"

"네, 그래서 더 떨려요."

뭐, 대회에서 긴장하지 않는 사람이 더 적을 것이다.

익숙해진 것이 아닌 이상 대부분의 사람들은 긴장한다.

"하지만 아버님께서 노아가 오는 걸 허락해 주실까요? 어머님께 부탁해 볼까요?"

"음, 이번에는 내 제안이니까 내가 부탁해 볼게. 게다가 엘레로라 씨에게 빚을 지면 나중에 귀찮을 것 같으니까."

"윽, 부정할 수가 없네요. 그럼 제가 아버님께 편지를 쓸 테니 전해 주시겠어요? 허락을 받는 데 조금은 도움이 될지도 몰라요."

"클리프도 엘레로라 씨보다 시아의 편지가 더 기쁠 거야."

"그런가요?"

"아빠란 딸을 귀여워하는 법이니까."

나는 아니었지만, 세상의 일반적인 아버지는 딸에게 한없이 다정하다.

"학원 축제 때도 노아에게 다가오는 남자 때문에 걱정했었잖아. 그러니까 시아가 편지로 잘 구슬리면 괜찮을 거야."

엘레로라 씨가 채찍이라면 시아는 당근이다.

"알겠습니다. 그럼 방에서 편지를 쓰고 올 테니 잠시만 기다려 주세요. 스릴리나, 유나 씨에게 유파리아의 장소를 알려드려."

시아는 스릴리나 씨에게 그렇게 부탁하고는 방에서 나갔다.

나는 스릴리나 씨에게 유파리아 마을이 어디 있는지 들었다.

"크리모니아와는 반대쪽에 있네요."

유파리아 마을은 왕도에서 볼 때 크리모니아와는 반대 방향에 있었다.

이 지도가 얼마나 정확한지는 모르겠지만. 지도상으로는 왕도에서 크리모니아로 가는 거리와 별반 다르지 않아 보였다.

가도도 있다고 하니 길을 잃을 걱정은 없을 것 같다.

"네, 그래서 조금 시간이 걸릴지도 몰라요."

"거기는 곰돌이와 곰순이가 있으니까 괜찮아요."

"그렇네요. 유나 씨는 지금처럼 왕도에 여러 번 오셨으니까요."

그건 곰 이동문 덕분이다.

노아한테도 곰 이동문에 대해 알려주면 편할 텐데, 이번에도 곰돌이와 곰순이를 타고 갈 수 있다는 것에 기뻐할 것 같았다.

잠시 스릴리나 씨와 이야기를 나누고 있자 시아가 돌아왔다.

"유나 씨, 오래 기다리셨죠. 아버님께 전해 주세요. 얼마나 힘이 될 수 있을지는 모르겠지만요."

"만약 안 된다면, 미리 사과할게."

"그때는 유나 씨만이라도 보러 오세요. 유나 씨가 와주시는 것만으로도 기쁘니까요."

그렇게 되면 피나를 데리고 갈까?

하지만 피나는 화의 나라 때도 데려갔으니 당분간은 삼가는 게 좋으려나.

그 후 우리는 교류회의 일정을 확인했다.

"유나 씨가 왕도에서 같이 가주셨다면 곰돌이와 곰순이를 탈 수 있었을 텐데 아쉽네요."

"다른 학생들도 함께 가는 거잖아? 곰돌이와 곰순이가 같이 가면 놀랄 테니까 사양해 둘게."

시아가 왕도에서 합류해 함께 가는 방안을 제안했으나 거절했다.

소란을 일으키면 일이 복잡해지고 서로 곤란하다.

게다가 시아뿐이라면 몰라도 알지도 못하는 사람과 함께 행동하는 것은 사양하고 싶다. 곰 하우스도 편히 못 쓸 테니 심신이 지칠 것 같다.

그 후 나는 유파리아 마을에 대한 이야기를 듣고 약속 장소를 확인했다.

"그럼 유나 씨와 노아가 오기를 기대할게요."

"최선을 다해 클리프를 설득해 볼게."

음, 노아의 평소 행실이 좋았다면 클리프도 허락해 줄 것이다.

나머지는 시아의 편지에 기대보도록 하자.

541 곰 씨, 노아를 만나러 가다

왕도에서 돌아온 다음 날, 나는 시아의 교류회가 있는 유파리아행을 권유하기 위해 노아를 만나러 갔다.

"유나 씨, 오늘은 무슨 일인가요? 놀러와 주신 건가요? 밖에 나가실래요? 곰돌이와 곰순이를 타고 외출하는 것도 좋을 것 같아요."

노아는 내가 찾아온 것에 기뻐했다.

"공부해야하는 거 아니야? 괜찮아?"

"제대로 하고 있으니까 괜찮아요."

"훌륭하네. 그런 기특한 노아에게 선물이라고 할까? 초대를 하려고. 이번에 왕도의 학원과 유파리아라는 마을의 학원에서 마법을 겨루는 교류회가 열린대. 거기에 시아가 참가할 것 같은데 괜찮다면 노아도 보러 갈래?"

"갈게요! 가고 싶어요."

노아는 고민하지도 않고 큰소리로 대답했다.

"그럼 클리프의 허락을 받아야겠다."

"제가 아버님께 부탁드리고 올게요."

노아가 곧장 클리프에게 가려고 한다.

"일하는 거 아니야?"

"괜찮아요."

"그렇다면 나도 같이 가서 부탁할까?"

"유나 씨도 같이 부탁해 주실 건가요?"

"내가 제안한 이야기니까."

게다가 이미 시아에게 노아를 데려오겠다고 말해 버렸다. 클리프 앞으로 보내는 편지도 시아에게 받아 잘 보관하고 있으니 나도 함께 가면 이야기의 진행도 더 빠르겠지.

나와 노아는 클리프가 있는 집무실로 향했다.

노아가 먼저 문을 두드렸고, 입실 허가가 떨어지자 방으로 들어간다.

"왜 유나가 있지?"

클리프는 내 얼굴을 보고는 얼굴을 살짝 찡그린다.

왜 저러지?

"부탁이 있어서요."

"아버님, 유나 씨와 함께 언니를 응원하러 가도 될까요?"

"시아를 응원해?"

클리프는 영문을 모르겠다는 표정을 지었다.

나는 클리프에게 학원 교류회에 대해 설명했다.

"아, 그거 말이구나."

내 설명을 듣고 이해한 모양이었다.

"아버님, 저 보러 가고 싶어요. 언니를 응원하러 가고 싶어요."

"일단 시아에게서도 부탁의 편지를 맡아뒀어요."

"시아한테서? 엘레로라가 아니라?"

"이번에는 시아와 제가 하는 부탁이니까요."

나는 시아에게 맡긴 편지를 클리프에게 건네주었다. 클리프는 받아들고 편지를 훑어본다.

편지를 보자 눈빛이 누그러졌다. 역시 딸의 편지는 기쁜가 보네.

"알았다. 허락하마."

"괜찮아요?"

"시아도 노아가 있으면 더 의욕이 생기겠지."

"아버님, 감사해요."

노아가 함박웃음을 지었다.

"게다가 유파리아 마을은 쉽게 데려다 줄 수 있는 거리가 아니니까. 네가 노아를 유파리아 마을까지 데려다준다면 노아를 위한 일이기도 하지."

왕도에서 볼 때 크리모니아와는 반대 방향에 있다. 왕도에 산다면 그렇게 오랜 시간을 들이지 않고 갈 수 있는 거리였지만, 크리모니아에서 출발하면 마차 같은 수단을 이용해도 멀었다.

"유파리아가 호수의 마을인가요?"

"알고 있나?"

"시아한테 조금 들었어요. 그래서 시아가 수영복을 잊지 말라는 말도 남겼고요."

"노는 것도 좋지만, 마을의 모습을 보고 배우는 것도 잊지 말거라."

"알겠습니다."

"시아를 응원하는 것도 잊으면 안 돼."

"물론이죠."

클리프의 허락을 받은 우리는 노아의 방으로 돌아와 출발 날짜를 정했다.

"왕도에서 엘레로라 씨를 만나고 갈래?"

그에 따라 출발 날짜가 달라진다.

"어머님을요?"

"출발을 좀 빨리 하면 만날 시간은 만들 수 있을 거야."

이번에는 곰 이동문은 사용하지 않고 곰돌이와 곰순이를 타고 갈 생각이었다.

"그렇다면 돌아오는 길에 만나러 가면 안 되나요? 돌아올 때라면 시간을 신경 쓰지 않고 만날 수 있잖아요. 그리고 돌아올 때 만나면 교류회에서 본 언니 이야기도 할 수 있고요."

확실히 그렇다. 갈 때 만나러 가면 출발하는 타이밍을 재기 어려워진다. 엘레로라 씨를 만나러 간다 해도 일 때문에 만나지 못해 엇갈릴 가능성도 있다.

하지만 돌아올 때라면 그런 것은 신경 쓰지 않아도 된다. 집에서 기다리면 되니까.

"그렇지. 그럼 돌아오는 길에 왕도에 들르기로 하고 가는 길엔 곧장 유파리아 마을로 향하는 게 좋겠다."

"네."

그 후 유파리아까지의 대략적인 시간을 산출하여 출발할 날짜를 정했다.

"그런데 그렇게 늦게 출발해도 괜찮아요?"

"곰돌이와 곰순이라면 괜찮아."

노아는 지난번 왕도에 갔을 때의 기억만으로 그렇게 말한다.

하지만 이번에는 노아와 단둘이 있으니 지난번보다 더 빨리 왕도로 향할 수 있었다.

"저는 곰들이랑 느긋하게 가는 것도 좋지만요."

"그것도 좋지만 이동시간 단축은 여행의 기본이니까."

원래라면 곰 이동문을 써서 왕도까지 가고 싶을 정도였다. 하지만 곰 이동문을 모르는 노아와 함께였기에 이번에는 곰돌이와 곰순이를 타고 갈 것이다.

"이번에는 제가 유나 씨와 곰돌이, 곰순이를 독차지하겠네요."

딱히 나는 누구의 것도 아니고, 곰돌이와 곰순이는 내 건데?

며칠 후, 나와 노아는 곰돌이를 함께 타고 유파리아를 향해 출발했다.

그렇긴 해도 처음은 왕도로 가는 길과 다르지 않았다.

"유나 씨, 곰돌이가 좀 빠른 것 같지 않나요?"

곰돌이는 평소보다 더 빨리 달리고 있었다.

"곰돌이가 파워 업 아이템이라고 해야 하나? 그런 걸 달고 있거든. 덕분에 장거리를 더 빨리 달릴 수 있게 됐어."

곰모나이트의 효과로 곰돌이와 곰순이는 지구력, 속도, 공격력, 그 모든 것이 더 강해졌다.

"그런 아이템이 있군요."

"물론 계속 달리게만 하면 불쌍하니까 도중에 곰순이와 교대할 거지만."

교대로 달리면 휴식시간도 단축할 수 있었다.

곰돌이가 달리는 동안에는 곰순이가 쉴 수 있고, 곰순이가 달리고 있는 동안에는 곰돌이가 쉴 수 있다.

하지만 아무리 달려도 곰돌이는 피곤함을 느끼는 기색이 없었다.

"곰돌아, 괜찮아?"

그렇게 물어보자, 멀쩡하다는 것을 알리려는 듯 더욱 가속까지 해 버린다.

그래서 결국 강제로 곰순이와 교체했다. 게다가 교체해 주지 않으면 곰순이가 슬퍼할 테니까.

그 후 교대한 곰순이는 우리들을 태우고 힘차게 달리기 시작했다.

휴식을 취하면서 곰돌이와 곰순이는 계속 달렸고, 저녁이 되기 전에는 왕도에 도착할 수 있었다.

"믿을 수 없어요. 하루…… 도 아니고 한나절 만에 왕도에 도착해 버리다니."

"이대로 왕도에 들어가면 시간을 뺏길 테니까 이대로 쭉 갈게."

왕도의 엘레로라 씨 집이나 우리 집에 머무른다면 출발할 때 시간이 더 걸린다. 게다가 노아는 돌아오는 길에 엘레로라 씨를 만나고 싶다고 했으니 왕도는 이대로 지나가기로 했다.

저녁이 가까워지는 시간이었기에 왕도 밖에는 사람도 없었고, 덕분에 곰순이는 그대로 달려갈 수 있었다.

그리고 왕도에서 조금 떨어진 곳, 가도를 벗어난 곳에 곰 하우스를 꺼내 하룻밤을 묵기로 했다.

이대로 가면 내일이면 도착할 수 있겠지.

"유나 씨가 쉽게 왕도에 오갈 수 있는 이유를 알았어요. 아침에 출발해서 저녁 전에 왕도에 도착하다니 믿을 수가 없어요."

뭐, 마차의 이동 속도와 곰돌이와 곰순이의 이동 속도는 전혀 다르니까. 게다가 곰모나이트에 의해서 파워 업까지 했다.

실제로는 곰 이동문으로 이동하지만.

우리는 목욕과 식사를 마친 후 방으로 이동했다.

"내일도 일찍 출발해야 하니까 일찍 자."

"저 유나 씨랑 자고 싶어요."

"나랑?"

"네, 유나 씨의 이야기를 듣고 싶어요."

틀림없이 곰돌이와 곰순이랑 함께 자고 싶다고 말할 줄 알았는데, 아니었다.

나는 노아를 데리고 방으로 들어갔다.

곰돌이와 곰순이와도 종종 함께 자는 경우가 있었기에 내 침대는 무척 넓었다. 그래서 같이 자는 것에는 문제가 없었다.

"후후, 곰돌이와 곰순이, 귀여워요."

노아는 꼬맹이화한 곰돌이를 끌어안고 침대 위에 누웠다. 나는 내 곁으로 다가오는 곰순이를 안아주었다.

"그래서 뭘 듣고 싶은데?"

"유나 씨는 여러 장소를 돌아다니고 계시죠?"

"응, 뭐 그렇지."

노아에게는 말할 수 없는 장소에도 간 적이 있다.

"그 이야기를 듣고 싶어요."

으음, 무슨 이야기를 해 줄까.

나는 조금 고민하다가 엘프 마을에 간 이야기를 들려주기로 했다.

왕도의 길드 마스터 사냐 씨의 여동생 루이밍을 만난 것, 엘프 마을의 결계가 약해지며 엘프 마을로 돌아가게 된 사냐 씨를 따라 함께 엘프 마을에 간 것. 엘프 마을에 신성수라는 큰 나무가 있었다는 것. 그리고 클리프가 마시던 차가 신성수 잎으로 만들어진 차라는 것을 말해 주었다.

노아는 처음에는 즐거운 얼굴로 이야기를 들었지만, 이야기를 마칠 무렵에는 곰돌이를 꼭 끌어안은 채 작게 숨을 내쉬고 있었다.

나는 감기에 걸리지 않도록 노아에게 이불을 덮어주었다.

"잘 자."

작은 소리로 인사한 뒤 나도 잠을 청했다.

542 곰 씨, 유파리아 마을에 가다

"으, 졸려요."

노아는 꼬맹이화한 곰돌이를 끌어안고 작게 하품했다.

"자, 세수하고 밥 먹자."

"네에~."

우리는 가볍게 식사를 끝내고, 오늘도 곰돌이와 곰순이를 번갈아 타며 유파리아 마을을 향해 출발했다.

"아마 이쪽 길로 가는 거겠지?"

곰 지도를 보며 나아갔지만, 이 지도는 곰 후드가 본 장소가 아니면 위치가 표시되지 않았다.

그래서 한 번도 가보지 못한 유파리아 마을의 위치는 알 수 없었다.

곰돌이에게 「유파리아 마을로 가줘」라고 부탁해 보았지만, 슬프게 「크응~」 하고 울 뿐이었다. 알고는 있었지만 곰돌와 곰순이도 가보지 못한 곳으로 가는 길은 모르는 모양이다. 곰모나이트의 힘으로 파워 업을 해서 어쩌면 그런 능력도 개화하지 않았을까 생각했는데, 실패였다.

"아, 유나 씨, 팻말이 있어요!"

가도를 가다 보니 갈림길 위치에 마을이나 지역 이름이 적힌 팻

말이 보였다.

우리는 곰돌이에게서 내려 팻말을 확인했다.

"유파리아는 이쪽이네."

길을 잘못 들진 않은 것 같아 다행이다.

전에 지름길로 가려다 숲속에서 헤맨 적이 있었다. 이번에는 스릴리나 씨에게 배운 대로 길을 따라온 덕분에 문제없이 온 모양이었다.

급하면 돌아가라는 말은 괜히 나온 것이 아니다.

"별일 없다면 오늘 안에는 도착할 것 같네."

플래그 같은 건 필요 없으니까 아무 일 없이 도착했으면 좋겠다.

"어제 크리모니아를 막 출발했는데 믿겨지지가 않아요."

"이것도 곰돌이와 곰순이 덕분이지."

나는 곰돌이의 몸을 쓰다듬었다.

"으으, 저도 곰돌이와 곰순이를 갖고 싶어요."

노아가 곰돌이를 꼭 끌어안는다.

"자자, 말도 안 되는 소리하지 말고 출발하자."

"네~."

노아를 곰돌이에 태우고 출발했다.

가도를 달리던 곰돌이가 「크응~」 하고 울더니 가도를 벗어나 달리기 시작했다.

일단 사람이 있을 때는 놀래지 않도록 가도를 벗어나서 달리라고 미리 말을 해두었다.

"또 모험가네요."

멀리서 가도를 바라보자 모험가 복장을 한 몇 명이 지나갔다.

딱히 신경 쓰지는 않았지만 생각해 보니 몇 번인가 모험가와 스쳐 지나간 것 같다.

"왕도로 향하는 걸까요?"

왕도 쪽에서 오긴 했지만 왕도에는 들르지 않고 왔기 때문에 이유는 알 수 없었다.

사냐 씨라면, 뭔가 알고 있었을까?

이제 와서 왕도로 돌아갈 수도 없고, 혹시 궁금한 점이 있다면 곰 이동문을 사용하면 그만이다. 지금은 신경 쓰지 않고 유파리아 마을로 향했다.

그러고 나서도 한참을 더 가자 마을이 보였다.

아무 일도 일어나지 않고 무사히 도착한 모양이다.

"저기가 유파리아 마을…… 예뻐요."

언덕으로 된 장소에서 유파리아 마을이 보였다. 마을 중심에 호수가 있고, 그 호수를 중심으로 건물이 펼쳐져 있다. 호수로 가는 길은 동서남북 4개, 그 각각의 길 사이에 4개의 길이 더 나 있어 총 8개의 큰 길이 호수와 이어져 있었다.

노아 말대로 이곳에서 보는 마을의 모습은 아름다웠다.

역시 건물은 길을 확실히 정해두고 짓는 것이 좋다. 이곳저곳에

막 지으면 미로처럼 변해서 지저분해 보이니까. 하지만 전쟁이 나면 쳐들어가긴 쉬울 것 같다.

“유나 언니, 빨리 가요.”

내가 마을 풍경을 바라보고 있자 노아가 몸을 흔들었다.

“그렇지. 머물 숙소도 찾아야 하니까.”

아직 해 질 녘은 아니지만 숙소는 빨리 확보하고 싶었다. 늦어질수록 숙소는 점점 줄어들 테니까.

우리를 태운 곰돌이는 유파리아 마을을 향해 달려갔다.

그리고 평소에는 조심하는데, 크리모니아로 돌아가던 습관 때문에 곰돌이를 탄 채 문 근처까지 가버리고 말았다. 문지기가 곰돌이 위에 올라탄 우리를 보고 놀랐다.

“뭐야?! 곰?!”

나는 황급히 곰돌이에서 내려 곰돌이 앞에 섰다.

“이 애는 위험하지 않으니까 괜찮아요.”

나는 위험이 없음을 문지기에게 설명했다.

“정말 괜찮은 건가?”

“곰돌이는 사람을 습격하지 않아요.”

노아가 곰돌이 위에서 볼을 부풀리며 말을 보태주었다.

여자아이 둘이 곰을 끌어안고 있는 모습을 보고 문지기는 납득해 주었다.

곰돌이를 송환하면 마을 안으로 바로 들어갈 수 있을 거라 생각했는데, 이야기는 그렇게 쉽게 끝나지 않았다. 결국 문지기 중 가장 높은 사람이 나왔다.

우리는 문지기 휴게실, 아니 취조실로 끌려가게 되었다.

그 대우에 노아가 화를 내며 귀족이라는 신분을 밝혔다. 그리고 나는 그 호위인 척하며 골렘 토벌 때 엘레로라 씨에게서 받은 문장이 새겨진 칼과 길드 카드를 보여주었다.

문장이 달린 칼에도 놀랐지만 모험가 등급 C라는 것이 더 놀라워했다.

"노아, 고마워. 덕분에 살았어."

"너무해요. 곰돌이는 위험하지 않은데 왜 저런 눈으로 보는 거예요!"

"뭐, 곰이니까 어쩔 수 없지."

크리모니아에서는 문지기 전원이 곰돌이와 곰순이에 대해서 알고 있었기에 평소에도 곰돌이와 곰순이를 타고 문 앞까지 이동하고는 했다.

평소에는 조심했는데 이번에는 마을을 보면서 달리다 보니 깔끔하게 잊고 말았다.

"그래도 노아가 감싸줘서 기뻤어."

"당연하죠. 곰돌이를 위해서인 걸요. 신분을 밝혀서 무언가를 힘으로 강요하고 싶지는 않았는데, 곰돌이와 유나 씨가 그런 시선을 받는 건 참을 수 없었어요."

그래도 노아 덕분에 무사히 마을로 들어갈 수 있었다.

귀족의 힘을 남용해 거만해지는 것은 곤란하지만, 때와 장소를 가려 적절히 사용하는 것도 중요하다. 나는 곰돌이를 돕기 위해 힘을 써준 것이 기뻤다.

그리고 엘레로라 씨가 준 나이프도 효과가 있다는 것을 알 수 있어서 좋았다.

하지만 새로운 마을에 올 때는 보이지 않는 곳에서 미리 곰돌이와 곰순이를 송환해 두는 것을 잊지 말자.

"뭐, 저 사람들도 일이니까 어쩔 수 없지. 게다가 무슨 일을 당한 것도 아니니까 그렇게 계속 토라져 있지 말고 숙소로 가자."

마을 입구에서 발이 묶일 뻔했던 우리는 해방될 때 겸사겸사 숙소 위치를 물어보았다. 노아가 귀족이라는 것을 알고 태도를 바꾼 문지기가 흔쾌히 숙소를 알려주었다.

가격은 상관하지 말고 귀족들이 묵을 만한 숙소를 부탁했다. 비교적 가까운 곳에 있었다. 문을 지나서 큰길로 가면 있다고 했다.

고맙다는 인사를 하고 나가려는데 제지당했다.

귀족인 노아를 걷게 할 수는 없으니 마차를 마련해 주겠다는 것이었다. 하지만 노아는 그 제안을 거절했다.

"태워달라고 해도 되지 않았을까?"

나는 주위의 시선을 느끼며 물었다. 새로운 마을에 오면 매번 같은 반응을 받는다.

「곰?」「곰?」「곰?」「베어?」……마차에 태워준다면 숙소까지 호기심 어린 시선을 받을 일도 없지 않았을까.

"그러게요. 크리모니아에서는 유나 씨와 함께 걸어도 이렇게 시선을 받을 일이 없어서 잊고 있었어요."

노아도 주위의 시선을 느낀 모양이었다.

"하지만 제 발로 직접 걸어서 마을을 보고 싶었어요."

노아는 아까부터 걸으면서 계속 주위를 살폈다.

클리프의 말대로 크리모니아 이외의 마을을 관찰하고 있는 것인지도 모른다.

"뭐, 신경 쓰지 마. 어쨌든 내일은 마을을 산책할 생각이었으니까, 언제라도 똑같아."

어차피 길을 걸어가면 평소와 같이 주목을 받을 것이다. 이제 와서 굳이 신경 쓸 일도 아니다.

우리는 시선을 받으면서 숙소에 도착했다.

"크네요."

마을의 문지기가 알려준 숙소는 크고 훌륭했다. 말 그대로 부자가 묵는 숙소였다.

숙소비도 비싸 보인다.

하지만 그만큼 보안은 안전할 테니 귀족인 노아와 함께라면 다소 비싸더라도 이 숙소가 나았다.

숙소 안에 들어서자 모험가 같은 이들의 모습은 없고 부유해 보이는 상인 몇몇이 보일 뿐이었다.

나는 접수처에 있는 여성에게 향했다. 여자는 나를 보자 놀란 표정을 지었다. 늘 있는 일이라 신경 쓰지 않고 말을 건넸다.

"안녕하세요, 2인실을 하나 부탁드리고 싶은데요."

"저기, 부모님은 어디에 계신가요?"

접수대에 있던 여성은 내 모습을 보고도 영업용 표정을 지으며 아무 일 없었던 것처럼 태연하게 대꾸했다.

제대로 교육받은 것 같다. 어떤 손님(곰 인형 차림의 여자아이)이 와도 대응할 수 있다는 것은 칭찬받아 마땅하다.

"둘뿐이에요."

"여기는 다른 숙소에 비해 가격이 비싸서……."

접수처의 여성은 말하기 어렵다는 얼굴로 입을 열었다.

뭐, 여자애가 둘이고 한쪽은 어린아이. 심지어 다른 한쪽은 곰 차림을 하고 있으니 대응하기 어려운 것은 당연하다.

하지만 내쫓으려 하지 않는다는 점은 마음에 들었다.

"1박에 얼마인데요?"

여자는 잠시 고민하더니 대답해 주었다.

"2인실이라면 이 금액입니다."

제시된 금액은 일반 숙소보다 5배는 높았다. 확실히 이 정도 가격이라면 아이들끼리 묵을 수 있을 거라 생각하기는 어렵겠지.

"돈은 낼 수 있으니까 방을 준비해 줄 수 있을까요?"

내가 곰 박스에서 돈을 꺼내자 노아가 말을 걸어왔다.

"유나 씨, 돈이라면 아버님께서 맡아둔 돈이 있으니 제가 낼게요."

"애들은 그런 문제 신경 안 써도 돼."

"하지만……."

"돌아가면 클리프한테 청구할 테니까 신경 쓰지 마."

노아가 가진 돈은 클리프의 돈이었지만 노아의 손을 통해 받는 것에는 거부감이 들었다. 그래서 그녀의 제의는 거절했다.

"마음만 받아둘게."

노아도 수긍했는지 더 이상 말하지 않았다.

나는 선금으로 며칠치의 숙소비를 지불했다.

접수처 여성도 순간 놀란 표정을 지었지만 돈을 받은 이상 손님이라고 판단한 것인지 곧바로 방으로 안내해 주었다.

하지만 아까부터 내 모습이 신경이 쓰이는지 힐끔거리며 나를 보고 있다. 하지만 흥미 위주의 질문은 하지 않았다.

만약에 또 이 마을에 올 일이 생긴다면 다음에도 이 숙소에 묵어야겠다.

"이제부터 외출하실 건가요?"

"아뇨, 오늘은 쉴 거예요."

"그럼 시간이 되면 저녁 식사를 가져다 드리겠습니다."

안내를 해 준 여자는 고개 숙여 인사하고는 물러났다.

방은 평범한 숙소보다 넓고 여유로웠다.

침대도 일반 숙소에 있는 것보다 더 크고, 둘이서 잘 수 있을 것 같은 침대가 2개나 있었다. 그 밖에도 놓여 있는 테이블이나 의자도 비싸 보인다. 심지어 방에 문까지 달린 것을 보니 또 다른 옆방이 있는 모양이었다.

노아는 숙소가 신기한 것인지 방 탐색을 시작했다.

"유나 씨, 욕실이 있어요."

노아가 방안에 있는 문을 열었다. 아까 내가 옆방이라고 생각한 문은 욕실이었다.

화의 나라의 숙소에도 목욕탕은 있었는데, 이곳의 시설을 보니 비싼 가격이 수긍이 갔다.

나는 침대에 걸터앉아 꼬맹이화한 곰돌이와 곰순이를 소환하여 잠시 쉬었다.

위험은 없을 것이라 생각하지만, 곰돌이와 곰순이는 보험이다. 사람은 쉬고 있을 때 더욱 무방비한 상태가 된다. 게다가 유파리아 마을까지 달려와 준 곰돌이와 곰순이를 칭찬해 주는 것도 잊으면 안 된다.

내가 곰돌이와 곰순이를 좌우로 끌어안고 감사 인사를 하고 있자 노아가 다가왔다.

"아, 유나 씨, 치사해요."

방안을 대충 둘러본 노아는 내 옆에 앉아 곰돌이를 껴안았다.

그리고 나와 마찬가지로 곰돌이와 곰순이에게 감사를 표했다.

“유나 씨, 내일은 마을을 산책하는 거죠?”

“응, 시아와 만나기로 약속한 시간까지 여유가 좀 있으니까.”

시아는 예정대로라면 이미 유파리아 마을에 와 있을 것이다.

그래서 유파리아 학원 앞에서 만나기로 했다.

“그럼, 언니를 만날 때까지 마을 산책이네요. 기대돼요.”

“그렇지. 호수는 한번 가보고 싶네.”

“네.”

노아와 내일 일정을 이야기하고 있는데, 곰돌이와 곰순이가 고개를 들고 「「크응~」」 하고 울었다. 그와 동시에 문을 노크하는 소리가 들려왔다.

“식사를 가져왔습니다.”

곰돌이와 곰순이를 다른 곳에 숨겨두고 문을 열자 수레 위에 음식을 실은 여성이 들어왔다.

“따뜻할 때 드세요. 식사를 다 하셨으면 문 앞에 놔 주시면 됩니다. 나중에 가지러 오겠습니다.”

그 말만을 남긴 뒤 여성은 물러났다.

“맛있을 것 같아요.”

“그럼 식기 전에 먹자.”

우리는 요리를 먹고 목욕을 마치고 침대에 누웠다. 노아의 침대에는 꼬맹이화한 곰돌이가 잠들었고, 내 침대에는 꼬맹이화한 곰순이가 둥글게 몸을 말았다.

"그러고 보니 어제는 유나 씨의 이야기를 듣다가 잠들어 버렸네요."

노아가 어젯밤 일을 떠올린 모양이다. 자기 전의 기억을 더듬어 보더니 그 뒷이야기를 이어서 해달라고 부탁하기에 나는 엘프 마을의 이야기를 이어서 들려주었다.

이동하느라 피곤했는지 빠르게 노아의 고른 숨소리가 들려왔다.

나는 마음속으로 「잘 자」라고 말하고 잠을 청했다.

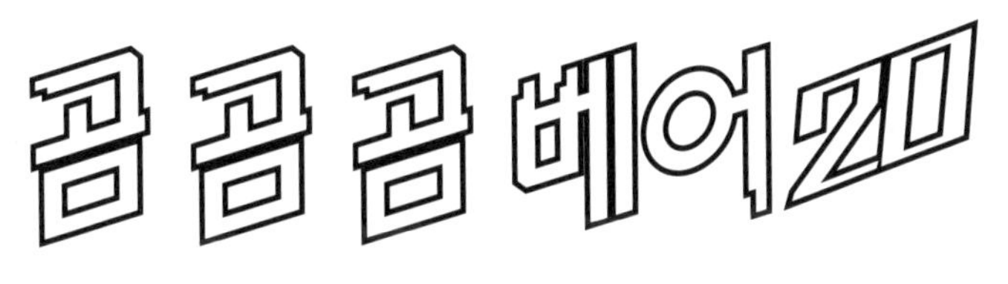

번외편

사쿠라, 국왕을 만나러 가다

이무기와의 싸움에서 저는 무리해서 마력을 사용했습니다. 그래서 몸이 크게 피로해져서 움직이는 것이 힘들었습니다.

하지만 한동안 쉬고 나니 컨디션도 좋아졌습니다.

"시노부, 몸은 괜찮아요?"

저는 함께 마차에 탄 시노부에게 물었습니다.

국왕이신 숙부님께서 부르셔서 시노부와 함께 성으로 가는 길입니다.

"크게 움직이면 조금 아프지만 괜찮아요."

시노부는 팔을 크게 돌리더니 살짝 얼굴을 찡그렸습니다.

시노부는 와이번과의 싸움에서 오른쪽 어깨를 붙잡혀 다쳤는데, 유나 님이 치료해 주셨습니다.

시노부의 말로는 흉터가 생길 각오를 하고 있었다고 하는데, 의사 선생님 말로는 흉터는 없고 얼마 후면 통증도 사라진다고 합니다.

그 이야기를 듣고 안심했습니다.

함께 방에서 기다리고 있자 숙부님이 찾아오셨습니다.

숙부님은 조금 피곤해 보이십니다.

"기다리게 했구나."

"숙부님, 괜찮으세요?"

"괜찮다."

"그래서 오늘은 무슨 일이신가요?"

"이쪽도 상황이 진정됐다. 유나와 카가리에게 연락을 부탁한다."

카가리 님은 유나 님이 사는 마을에 함께 계신다고 합니다. 그 말을 들었을 때 놀랍고 부러웠습니다.

저도 유나 님이 사는 마을에 가고 싶습니다.

하지만 그런 폐가 되는 말은 할 수 없겠죠.

"알겠습니다. 돌아오면 연락드리겠습니다. 그래서 이무기 쪽 상황은 어떻게 되어가고 있나요?"

"해체라면 거의 끝났다."

"토벌 사건이 이상한 방향으로 흘러간다고 시노부에게 듣긴 했습니다만."

"아, 그 일 말인가."

그렇게 말한 숙부님이 난처한 표정을 지으셨습니다.

"이무기가 토벌되고, 유나와 카가리가 리네스 섬을 떠난 후에 탐색이 이루어졌다."

"네, 들었습니다."

이무기 해체는 물론 결계가 해제된 것을 확인하고, 남성이 들어갈 수 있는지를 확인하고, 마물을 확인하는 등 여러 방면에서 리네스 섬 탐색이 이루어졌다고 들었습니다.

"그래서 제가 이무기가 있는 곳으로 안내했어요. 그랬는데 거기 곰 바위가 굴러다니고 있더라고요."

시노부는 부상을 입은 상황에서도 손을 보태준 모양입니다. 그 무모함에 더는 말도 안 나올 정도입니다.

그 말을 했더니 끝나면 장기 휴가를 받는다고 했습니다.

"그 곰 바위 때문에 문제가 되고 있다."

생각났습니다. 유나 님이 이무기를 쓰러뜨릴 때 이무기 입안에 곰 바위를 넣어서 쓰러뜨렸습니다.

"그 바위가 문제가 되나요?"

"이무기가 토벌당한 곳에 곰 바위가 발견된 탓에 리네스 섬에 있었던 게 여우가 아니라 곰이 아니냐고 말하는 사람들이 늘고 있다."

숙부님이 난처한 표정을 지었습니다.

지금까지 리네스 섬에는 여우가 있다는 이야기가 전해졌습니다. 실제로 카가리 님은 여우님의 화신이니 그 말은 사실입니다.

하지만 지금까지 일부 사람들만 리네스 섬에 들어갈 수 있었습니다.

그런데 리네스 섬을 탐색해 보니 토벌된 이무기 옆에 곰 바위가 떨어져 있었으니 곰신이 있다고 생각해도 어쩔 수 없습니다.

"지금까지 이무기의 봉인을 지켜온 것은 카가리이자 여우님이다. 그런데 토벌된 이무기가 있던 곳에 곰 바위가 돌아다니는 바람에 그런 소문이 돌고 있어."
"부정은 하지 않으셨나요?"
"카가리가 본인이 토벌한 사실을 퍼뜨리지 말아달라고 하지 않았느냐."
"네."
눈에 띄고 싶지 않으니 자신이 토벌했다는 것은 말하지 말아달라고 카가리 님이 말씀하셨습니다.
"그리고 유나에게도 같은 말을 들었다."
유나 님에게도 본인이 이무기를 토벌했다는 이야기는 하지 말아달라는 부탁을 받았습니다.
"설상가상으로 여우가 이무기와 싸우는 것을 본 자들이 있다. 그래서 싸움을 본 사람과 리네스 섬의 현장을 본 사람의 의견이 갈리고 있어."
"즉, 여우파와 곰파죠."
시노부가 웃으며 대답했습니다.
그런 일이 벌어지고 있었군요.
"지금까지 이무기 봉인을 지켜온 것은 틀림없이 카가리다. 하지만 이무기를 토벌한 것은 유나지. 그러니까 어느 쪽의 주장도 맞다."
"그렇네요."
양쪽의 말 모두 틀리지 않았습니다.
"숙부님은 어떻게 하실 생각이신가요?"

국왕이신 숙부님이 한마디만 하시면 한쪽의 말을 억누를 수 있을 겁니다.

하지만 숙부님은 어느 쪽의 의견도 제지하지 않았습니다.

"그건 그 두 사람이 돌아오면 결정하겠다. 두 사람의 마음이 바뀌어서 이무기를 토벌한 영웅이 되고 싶다고 하면 그렇게 만들어줄 생각이야."

"두 분은 아마 거절하시겠죠."

"둘 다 그런 모습을 하고 있는데도 눈에 띄기 싫다는 소릴 하시니까요."

카가리 님은 무척 아름다운 분이십니다. 늘 감추고 계시지만 여우 꼬리와 귀까지 있습니다. 유나 님도 눈에 띄는 것이 싫다면서 곰 차림을 하고 계십니다. 곰순이 님과 곰돌이 님까지 데리고 계신 것을 보면 정말 곰을 좋아하시는 것 같습니다.

"그래서 부르신 이유는 그것을 전하기 위함인가요?"

"그래, 이게 제일 큰 이유다. 시노부에게 부탁해도 되지만 그것이 완성되었으니 사쿠라에게도 보여주고 싶어서."

"……?"

숙부님은 이동하자고 말씀하시며 저희를 데리고 방을 나가셨습니다.

"어디 가세요?"

"가보면 안다."

그렇게 말한 숙부님은 한 방 앞에서 멈춰 섰습니다.

다른 문과 달리 엄중하게 잠긴 문입니다.

숙부님이 문에 붙은 마석에 손을 대고 문을 열었습니다.

마석은 열쇠로 되어 있는 것이겠지요. 숙부님이 마력을 넣어야 열 수 있는 구조인 것 같습니다.

문이 열리고 저희는 방안으로 들어갔습니다.

그곳에는 창문 하나 없는 방.

그리고 방 안쪽에는 5개의 제단이 있습니다.

각각의 제단 위에는 마석이 놓여 있고요.

빨간색, 파란색, 녹색, 갈색, 무색 다섯 가지.

무척이나 큰 마석입니다.

"이무기의 마석인가요?"

유나 님이 갖고 계셨던 이무기의 마석입니다.

"그래, 비록 카가리와 유나가 이무기를 토벌한 사실을 함구해 달라고 해도, 우리 왕족들은 카가리와 유나에게 구원을 받았다는 사실을 잊어서는 안 된다."

"맞습니다. 카가리 님, 그리고 유나 님이 우리나라를 구해 주셨습니다. 두 분이 잊어도 된다고 말씀하셔도 저희는 절대 잊으면 안 되겠지요."

"그래서 영원히 그 사실을 잊지 않기 위해 이것을 만들어두었다.

왕족만 들어올 수 있는 장소 같습니다.

"제가 들어가도 괜찮을까요?"

"무녀들은 대대로 카가리를 보좌해 왔지."

무녀 중에서도 카가리 님을 알고 있는 사람은 일부뿐입니다.

"이곳에 관한 일은 왕족, 무녀들을 통해 대대로 계승할 생각이다."

"그래서 저를 부르신 거군요."

"그래."

"그럼 제가 들어오면 안 되는 거 아닌가요?"

이야기를 듣던 시노부가 당황스러움을 내비쳤다.

"무슨 소리를 하는 거냐. 너는 이번 일을 다 알고 있지 않나. 그런 자가 얼마나 있다고 생각하지? 이제 와서 신경 쓸 일은 아니다."

"늦은 감은 있지만, 하나같이 다 중요 기밀이긴 하죠."

뭐, 카가리 님이 여우라는 사실도 말할 수 없고, 유나 님의 일도 비밀입니다. 특히 유나 님의 문에 대해 이야기하면 아무도 믿지 못할 겁니다.

비밀입니다.

"그렇지. 그러니 쉽게 관둘 수 있을 거란 생각은 버려라."

"너무해요."

시노부가 우는 시늉을 했지만 숙부님은 개의치 않으시는 모습입니다.

"그건 그렇고 다시 봐도 크네요."

저는 이무기 마석을 바라보았습니다.

이무기 마석은 제 머리 정도의 크기입니다. 그것이 무려 5개.

"이만한 크기의 마석을 가진 마물. 그게 다섯 개다. 이무기가 얼마나 강했는지 알 만하지."

"두 사람이 싸우는 모습을 못 본 게 후회돼요."

시노부는 와이번과 싸우다가 쓰러져서 이무기와의 싸움은 보지 못했습니다.

"그렇게 생각하면 산증인은 사쿠라뿐이지."

맞습니다.

싸우신 카가리 님과 유나 님을 제외하면 루이밍 님, 무무르트 님, 저뿐입니다. 게다가 이 나라 사람이 아닌 루이밍 씨와 무무르트 님을 제외하면 저뿐입니다.

"대대로 꼭 전해야겠네요."

"유나와 카가리 님이 알면 분명 싫어할 것 같지만요."

"이 전설에는 엘프인 무무르트와 손녀 루이밍도 있다."

그 두 분의 협조가 없었다면 유나 님도 이무기를 쓰러뜨릴 수 없었을지도 모릅니다.

"그리고 네 이야기도 남길 생각이다."

"저요?"

"이무기의 봉인을 지키기 위해 마력을 쏟아 부었잖아."

숙부님은 봉인을 강화하기 위해 마력을 무리하게 쓴 일로 제게 미안하다는 표정을 지어 보이셨습니다.

"숙부님, 비록 장차 마력을 잃게 되더라도 저는 후회하지 않습니다. 그것이 생명이었다고 해도 저는 같은 일을 했을 겁니다."

제 마력, 비록 목숨을 거는 일이었다 할지라도 나라를 구할 수 있다면 저는 주저하지 않았을 겁니다.

"사쿠라……."

숙부님이 다가오시더니 저를 끌어안았습니다.

"……숙부님?"

"미안하다."

"숙부님, 몇 번이나 말씀드렸잖아요. 저는 후회하지 않아요. 앞으로도 후회할 일은 없습니다."

숙부님은 다시 한번 다정하게 저를 안아주셨습니다.

아버님이 계셨다면 똑같이 안아 주셨을지도 모르겠습니다.

참고로 시노부의 이름도 남기기로 했습니다.

그 말을 들은 시노부는 「싫어요」라고 말했지만 기각되었습니다.

제 이름이 남게 되니 시노부의 이름이 남지 않을 리가 없겠지요.

시노부, 휴양하다

달리면서 허수아비를 향해 수리검을 던졌다. 수리검은 허수아비에 닿았고, 나는 그대로 달려가 바람 마법으로 허수아비를 잘라냈다.

나와 유나의 실력 차이는 크다.

유나와 이무기의 싸움을 보고 싶었다.

자신에게 부족한 점을 알고 싶었다.

새로운 허수아비를 향해 달려갔다.

나는 단도에 마력을 넣어 경질화된 허수아비를 잘랐다.

나의 싸움 방식은 빠른 움직임으로 날리는 도구나 마법, 단도를 휘둘러 상대를 쓰러뜨리는 것이다.

"후우."

나는 땀을 닦으며 잘려나간 허수아비에게 다가갔다.

허수아비 뒤에 있는 마석에 마력을 넣자 잘려나갔던 허수아비는 원래대로 돌아갔다.

연습용 허수아비. 마석에 마력을 넣으면 원래의 형태로 돌아간다. 흙으로 만들어졌고 마석에 마력이 있는 한 몇 번이고 원래 모습으로 돌아간다.

"시노부."

목소리가 나는 쪽을 보니 쥬베이 스승님이 있었다.

"스승님."

"휴가를 받은 것이 아니었나?"

이무기를 토벌한 후, 나는 한동안 뒤처리를 위해 바쁘게 돌아다녔다.

그리고 일이 조금 진정되어 약속대로 국왕 폐하로부터 휴가를 받았다.

"휴가 맞아요."

그래서 누구에게도 아무런 불평을 듣지 않고 무기를 휘두르고 있는 것이다.

"그럼 몸을 쉬어라. 아직 피로가 남아 있을 테니."

"괜찮아요. 저는 이무기와 싸우지 않았으니까요."

나는 이무기와 싸우지 않았다. 아무 쓸모가 없었다.

"하지만 와이번과의 싸움에서 부상을 입지 않았느냐."

와이번과의 싸움에서 어깨에 심한 상처를 입었다.

하지만 유나의 마법 덕분에 거의 완치되었다.

수리검을 던지면 약간 통증이 있는 정도다.

이 정도 통증은 여러 차례 겪었다. 부상 축에도 들어가지 않는다.

"괜찮아요."

"아무리 괜찮아도 그렇게 될 때까지 훈련을 할 필요는 없어."

이마에서는 땀이 흐르고 온몸이 땀에 젖었다.

지금도 얼굴에서 흘러내린 땀이 땅에 떨어졌다.

"도대체, 몇 시간째 한 거지?"

아침 일찍부터 시작해서 지금은 정오가 넘었다.

"저는 약해요. 그러니까 더 연습해야 해요."

"너는 충분히 강하다. 다른 병사들과 싸워도 널 이길 사람은 적어."

"그것만으로는 안 돼요. 제가 더 강했다면 사쿠라 님을 위험에 처하게 만들지는 않았을 거예요."

와이번과의 싸움에서 상처를 입은 나는 유나의 도움을 받았다.

전투 도중 정신을 잃은 뒤 유나의 이상한 문에서, 혼자만 안전한 곳에서 잠들어 있었다.

다들 목숨을 걸고 싸웠는데.

그뿐만이 아니다. 사쿠라 님이나 이 나라와는 관계없는 무무르트 님, 루이밍 님한테도 위험한 역할을 떠넘겨 버렸다.

이것도 다 내가 약한 탓이다.

"그 아가씨와 비교하지 마라. 그 아가씨한테는 아무도 이길 수 없어. 그 아가씨와 견줄 사람은 이 나라에도 없을 거다."

이무기를 쓰러뜨릴 수 있는 자는 없다.

그것은 알고 있다.

어쩌면 유나의 힘에 매료되어 버린 것일지도 모른다.

인간은 저렇게나 강해질 수 있구나, 하고.

"전에도 말했지만 그 아가씨는 특별해. 마력량, 무기 다루는 법.

그것은 분명 자신의 재능에 자만하지 않고 끊임없이 수련을 거듭해 온 결과겠지."

재능에 자만하여 연습도 하지 않다가 재능은 없지만 노력을 계속한 자에게 패해 사라져 간 자들을 여럿 알고 있었다.

"스승님……."

"싸워봤기에 알 수 있다. 그 아가씨는 내가 아무리 오랜 세월을 갈고닦아도 도달할 수 없는 곳에 있어. 그 나이에 그 움직임, 통찰력, 마력량, 그 마력을 다루는 재능. 어느 것도 이길 수 없다."

"……."

"전에도 말했지만 그 아가씨는 몇 번이나 사선을 빠져나왔겠지. 그래서 내딛는 걸음 하나하나가 누구보다 신중하고 판단력 있다."

"유나가 몇 번이나 죽을 뻔했다는 건가요?"

"그 거리감은 쉽게 얻을 수 있는 게 아니야."

칼을 휘둘렀을 때 닿느냐 안 닿느냐, 그 거리감은 여러 번 칼을 휘둘러 몸에 배게 만들어야 한다.

"그리고 그 판단력. 사람은 목숨을 건 싸움이 되면 본래의 힘을 발휘하기 어렵지. 판단력도 둔해진다. 그리고 자신의 몸을 보호하기 위해 행동하게 된다. 한 발짝 더 내밀어도 괜찮은가. 상대방의 칼끝이 닿느냐 아니냐. 이것만큼은 경험이 필요한 문제지."

"유나는 지금까지 얼마나 많은 사람을 도와왔을까요?"

이무기와의 싸움은 위험한 일이다. 보통이라면 거절할 것이다.

하물며 자신과는 관계 없는 일이라면 더더욱.

사람에 따라서는 돈이 목적이라고 말하는 사람도 있을지도 모른다. 하지만 유나는 돈을 받지도 않았다. 토벌한 이무기의 귀중한 마석도 양보했다. 유나에게 돌아간 메리트는 아무것도 없었다.

다만 사쿠라의 미소를 지킬 수 있어서 다행이라는 말이 마음에 남았다.

상냥한 여자아이.

강하지만 자만하지 않는다. 자기 힘을 과시하지도 않는다.

곰을 좋아하는 소녀.

"모든 점에서 당해낼 수가 없네요."

"하지만 스승님. 저는 포기하지 않을 거예요. 언젠가 유나를 따라잡고 말겠습니다."

"그럼 내가 좀 거들어 주마."

스승의 제안을 감사히 받아들인 나는 칼을 잡았다.

스승과 연습을 한 다음 날, 나는 카가리 님을 찾아갔다.

"뭐냐, 한가하냐?"

"국왕님께 휴가를 받아서 한가해요."

카가리 님은 여유롭게 창가에 앉아 밖을 내다보며 술을 마시고 있었다.

"아직 원래대로 돌아오지 않으셨네요."

카가리 님은 여전히 어린아이의 모습이었다.

"곧 돌아올 거야. 이제 이무기도 없으니 느긋하게 기다리면 될 일이지."

카가리 님이 술을 한 모금 마셨다.

"그래서 무슨 일이냐?"

"카가리 님은 이무기 토벌을 끝까지 보고 계셨죠?"

"그렇지."

"유나는 강했나요?

"뭐냐, 그런 걸 물어보려고 온 건가?"

"……."

"비교할 수준이 아니다. 그 녀석은 특별하니까."

스승님과 같은 말을 한다.

"타고난 천성의 마력. 하지만 사람은 가진 것만으로는 싸울 수 없지. 활용하지 못하면 보물을 썩히는 것이나 마찬가지니까."

어느 분야에서나 마찬가지다. 재능 있는 마법사가 검사를 목표로 한다 해도 일류가 될 수는 없다. 일류 검사가 마법사를 목표로 한다 해도 일류 마법사는 될 수 없다.

"재능이 있는 자가 더욱 실력을 갈고 닦음으로써 그 재능이 개화한다. 유나는 그 전형적인 경우지."

"……."

"그리고 마음이 순수해서 본인이 가진 힘에 자만하지 않고 남을 위해 힘을 사용한다. 평범한 사람은 할 수 없는 일이야."

사람은 힘을 기르면 거만해지기도 하고 남을 얕보기도 한다.

"그럼 유나를 따라잡을 수 없다는 건가요?"

"그 누구도 무리겠지."

"카가리 님이라도요?"

"함께 서서 보좌해 줄 수는 있겠지. 그 녀석도 못하는 부분은 있으니까. 그 부분을 보완해 주는 정도라면 할 수 있다."

"유나가 못하고 카가리 님이 잘하는 게 뭔데요?"

"하늘을 나는 것 말이다. 그 녀석은 하늘은 못 날아. 하지만 난 날 수 있으니까."

나는 하늘을 날 수 없다.

"제가 할 수 있고 유나가 할 수 없는 일이 있을까요?"

"그걸 내가 어떻게 알아. 그 녀석의 모든 것을 아는 것은 아니야. 애초에 넌 그런 걸 물어보러 온 거냐?"

"아니, 그 얘기도 하고 싶었지만 요양 중이거든요. 스승님과의 훈련 때문에 어깨가 좀 아파서 온천에 들어가서 잠깐 쉴게요."

스승님과 연습을 하다 보니 충격으로 어깨에 통증이 오고 말았다.

스승님은 완전히 나을 때까지 훈련은 중단하라고 했다. 그래서 요양도 할 겸 카가리 님이 계신 곳에 온 것이다.

유나의 이야기를 듣고 싶었던 것도 있지만 이곳에는 온천도 있어 요양하기에는 최고의 장소였다.

"사정은 알았다만 언제까지 있을 생각이지?"

"방학이 끝날 때까지 있을 거예요."

"여긴 숙소가 아니다."

"유나가 왔을 때 저도 자유롭게 써도 된다는 허락을 받았어요. 카가리 님 혼자 계시면 외로울 테니까 얼굴을 내밀어달라는 말도 들었고요."

"딱히 혼자 있어도 외롭지 않다."

"그러니 당분간 잘 부탁드립니다."

"사람 말을 들어!"

카가리 님이 한숨을 내쉬었다.

"……마음대로 해라. 다만 식사와 청소는 확실히 하도록 해."

"등도 씻겨드릴게요."

"그건 필요 없다."

나는 온천에 들어가 거의 다 나아가는 어깨를 치료하기로 했다.

■작가 후기

쿠마나노입니다. 『곰 곰 곰 베어』 20권을 읽어주셔서 감사합니다.

드디어 20권이라는 고지에 올라섰습니다. 서적 1권이 발매된 것은 2015년 5월입니다. 20권까지 오는데 8년이나 걸렸네요.

설마 이렇게 오래갈 줄은 몰랐습니다. 출판사님이나 독자님께 뭐라 감사를 드려야할지 모르겠습니다.

이번 권에서는 이무기가 토벌된 후의 화의 나라 이야기와 시아가 학원에서 열린 마법 교류회에 참가하게 되며 그 교류회 견학에 노아를 데려가게 된 이야기가 나옵니다.

다음 권에서는 유나가 시아의 교류회를 견학하게 되겠네요.

어떤 사건사고에 휘말릴지 기대해 주시면 좋겠습니다.

그리고 20권의 삽화 중 두 장이 연속으로 된 그림이 있었습니다.

원래는 한 페이지 뿐이는데 모두의 수영복이나 기모노 차림을 보고 싶어서 따로 요청을 드렸습니다.

양해해 주신 출판사님과 선뜻 응해 주신 029 선생님께 진심으로 감사합니다.

그리고 이 권이 발매될 무렵에는 TV 애니메이션 2기 「곰 곰 곰 베어 펀치!」가 끝났을 거라 생각합니다.

역시 텔레비전에서 자신의 작품이 움직이는 것을 보면 이상한 기분이 듭니다.

2기에서는 유나와 피나의 드레스 차림 같은 것들을 볼 수 있어서 기뻤습니다.

보신 여러분들은 어떠셨나요?

2기도 1기와 마찬가지로 애니메이션 제작에 참여했습니다. 힘들지만 즐거웠습니다.

애니메이션은 끝입니다만 서적이나 만화는 아직 계속될 예정이니 함께 해 주신다면 좋겠습니다.

마지막으로 책을 내는 데 힘써주신 모든 분들께 감사드립니다.

029 선생님, 항상 멋진 일러스트를 그려주셔서 감사합니다.

편집자님, 늘 불편을 끼쳐 죄송합니다. 그리고 『곰 곰 곰 베어』 20권을 출판하는 데 참여해 주신 모든 분들께 감사드립니다.

지금까지 책을 읽어주신 독자님께도 감사의 마음을 전하며.

그럼 21권에서 뵙기를 기대하고 있겠습니다.

2023년 8월의 어느 날 쿠마나노

곰 곰 곰 베어 20

초판 1쇄 발행 2024년 2월 10일

지은이_ Kumanano
일러스트_ 029
옮긴이_ 이소정

발행인_ 최원영
편집장_ 김승신
편집진행_ 권세라 · 최혁수 · 김경민 · 최정민
편집디자인_ 양우연
관리 · 영업_ 김민원

펴낸곳_ (주)디앤씨미디어
등록_ 2002년 4월 25일 제20-260호
주소_ 서울시 구로구 디지털로 26길 111 JnK디지털타워 503호
전화_ 02-333-2513(대표)
팩시밀리_ 02-333-2514
이메일_ lnovellove@naver.com
L노벨 공식 카페_ http://cafe.naver.com/lnovel11

ISBN 979-11-278-7439-1 04830
ISBN 979-11-278-3067-0 (세트)

값 11,000원

역시 내 청춘 러브코메디는 잘못됐다. 결 1~2권

와타리 와타루 지음 | 퐁칸⑧ 일러스트

차가운 겨울바람이 부는 크리스마스.
소소하지만 따스한 파티가 끝나고, 유이는 자기 안에도 싹튼 「마음」을 깨닫는다.
부질없는 기도도, 이루어지지 않는 소망도 분명히 있다.
그래도 바라게 된다. 사실은 거짓말이라도 좋다.
설령 잘못됐더라도, 옳지 않더라도 그 손을 쥐고 있고 싶다—.
많은 사람이 바라는 것을 원하는 밤.
소망의 수만큼, 마음의 수만큼 다하지 못한 이야기가 있다.
……그러니까 이것은 유이가하마 유이의 이야기.

전 세계 누계 1000만 부를 돌파한 청춘 소설의 금자탑
「역내청」이 들려주는 또 하나의 이야기, 「결」이 시작된다!